# 唐詩選箋

## 初唐——盛唐

李由 著

# 序

## 一

詩是什麼？詩人是什麼？人是什麼？

詩者，志之所之也。孔子說：詩可以興，可以觀，可以群，可以怨；邇之事父，遠之事君；多識於鳥獸草木之名。孔子說：情欲信，詞欲巧。孔子又說：不學詩，無以言；不知禮，無以立；不知命，無以為君子。興、觀、群、怨，北宋張載訓為興己之善，觀人之志，群而思無邪，怨而止禮義；南宋朱熹解釋為感發意志，考見得失，和而不流，怨刺上政。

人不是野獸，不是機器，不是神靈，人是具有情感、理性、夢想的生命個體和社會主體，個人應當是其價值進而也是人類價值的直接的、基本的判斷者和追求者。正如戰國《郭店楚簡》云：天生百物，人為貴；性自命出，命自天降，道始於情，情生於性。《孟子・盡心下》亦稱：民為貴，社稷次之，君為輕。

然而，人類在經歷了諸如奧斯維辛集中營、古拉格勞改營、南京大屠殺等一次次滅絕人性的暴行，中國在經歷了白色恐怖、文革暴政、折回市場經濟之後，人類如何認識和實現自己？詩歌還要不要在，要不要寫，要不要讀？

法國波德萊爾指出：詩的目的是美；詩要表現純粹的願望、動人的憂鬱和高貴的絕望。

青年何其芳說：詩是為了抒寫自己，抒寫自己的幻想、感覺和情感，自己關於美、思索、為了愛的犧牲。

在心為志，發言為詩。詩是人類觀照世界、增華自我的一種方式。真正的詩歌，應當以個人為主體和目的，獨立人格，自由思想，溫柔敦厚，沉著痛快，直面人生的歡樂和苦難、想往和無奈，構造一個堅守著個體的剛健和理性，又充盈著人性的激情和溫厚的多彩世界，以抵禦人性的猙獰和荒謬。這樣，或許可以再談詩歌、生活或者理想。

在生命面前，理論是灰色的；在自由之上，生命是精彩的；在詩歌之外，文學是粗糲的。美是自由的象徵，詩是生命的華彩。神祇可死，詩人不死；人類只要存在，生命只要運動，生活若要豐盈，社會若要光明，詩就應當活著！

## 二

詩簡單而豐富，純淨而深遠，是人類的生命意識的自然流露，語言對生活的具象表達，心靈對世界的個體反映。而基於象形、會意、形聲、指事、轉注、假借等漢字特徵和思維方式的漢語詩歌，更是中國文學的文學，世界詩苑的奇葩。

不學詩，無以言；不知禮，無以立。閒時讀詩，秦漢古奧，齊梁浮豔，兩宋雖開闢新境，不免寒儉機趣。南宋以後，風骨摧折，元氣澆漓，而域外詩歌終有語言和文化的隔閡，最愛的還是風神俊朗、情韻綿邈、流派紛呈、各體皆工的唐詩。

王國維《宋元戲曲史・自序》：凡一代有一代之文學；楚之騷，漢之賦，六代之駢文，唐之詩，宋之詞，元之曲，皆所謂一代之文學，而後世莫能繼焉者也。

漢唐是大一統中國的青春時段，既發揚踔厲，開疆拓土，又八方交通，萬國衣冠，自信，剛健，開放，包容。唐詩也是中國獨立、成熟的詩歌文字，是人格健全、精神自由、情感充沛與形式嚴整、體裁多元、手法競爭的藝術統一。

魯迅《致楊霽雲》：一切好詩，到唐已被做完。

聞一多宣稱：一般人愛說唐詩，我卻要說「詩唐」一懂得詩的唐朝，才能欣賞唐朝的詩。

李夢陽等明代前後七子更極端地宣導：文必秦漢，詩必盛唐!

那麼，如何選擇、欣賞唐詩就是今人要做的事情了。

## 三

唐代（618～907）崛起於民族、文化大衝撞、大融合的南北朝、隋代之後，七世紀時疆域橫跨歐亞，享國近三百年。但強大百年的帝國自安史之亂後開始分崩離析，玄宗、代宗、德宗、僖宗、昭宗竟然都曾被趕出長安。依其制度演進和社會特徵，唐代一般分為初、盛、中、晚四期。

北宋宋祁首倡唐代文章之三變，南宋嚴羽首分唐詩為初唐、盛唐、大曆、元和、晚唐五體，明代高棅將元和納入晚唐而分為初、盛、中、晚四期，現代吳經熊則分唐詩為春、夏、秋、冬四季。或按胡適《白話文學史》，唐詩亦有兒童、少年、成人、晚年四期：

兒童天真綺麗，少年激烈浪漫；成人氣平神豐，通脫冷峻；晚年則余霞滿天，桑榆衰颯。

唐詩眾星璀璨，群卉芬芳。雖經千年風雨，散佚嚴重，但僅清代康熙御定《全唐詩》九百卷即收有作者兩千八百餘人，詩四萬九千四百零三首，刪除重出、誤收，實收約四萬五千首。經聞一多、陳寅恪、岑仲勉、傅璇琮、郁賢皓、陶敏、譚優學、陳尚君等人考辨，毛河世寧、孫望、王重民、童養年、佟培基、陳尚君、徐俊等人輯補，僅1992年《全唐詩補編》即增補唐詩六千三百二十七首，加上近年敦煌文獻、出土文物、域外漢籍、佛道二藏、傳世善本等所見佚詩，今存唐詩約五萬三千首。

數量繁多，優劣紛呈，除非專門的研究人員，或者偏愛一家，欣賞唐詩就往往通過選本完成了。

唐代詩歌的編輯自唐初即已開始，如崔融《珠英學士集》、孫翌（季良）《正聲集》，佚名《麗則集》、《搜玉集》，現在可知的唐人選唐詩即有一百多種，唐至清代的唐詩選本逾六百種。唐代崔融《珠英學士集》、殷璠《河嶽英靈集》、芮挺章《國秀集》、元結《篋中集》、高仲武《中興間氣集》、令狐楚《御覽詩》、《三舍人集》、姚合《極玄集》、《竇氏連珠集》、韋莊《又玄集》、韋縠《才調集》、趙崇祚《花間集》等十多種選本，以及敦煌石室寫本等留存至今。

## 四

作詩不易，選詩亦難。唐代之後，北宋李昉等《文苑英華》、王安石《唐百家詩選》、郭茂倩《樂府詩集》，南宋洪邁《萬首唐人絕句》，明代胡震亨《唐音統籤》、清初季振宜《全唐詩》等搜集、編選唐人詩歌貢獻尤大。

如果編一本唐詩百首，難度似乎不大，因為比較容易從眾口流傳的優美唐詩中選出。

不過，百首詩歌，浮光掠影，掛一漏萬，顯然不能表現唐代詩人和詩歌的多重風貌。而且，編者不管目光如豆或者如炬，讀者一定趣味不一，眾口難調，這就註定了編選唐詩是一件吃力不討好的事情。

即如唐詩，選本繁雜，孫琴安《唐詩選本提要》即列示了清末以前的約六百種選本。近現代亦有俞陛雲《詩境淺說》、高步瀛《唐宋詩舉要》、聞一多《唐詩大系》、馬茂元《唐詩選》、施蟄存《唐詩百話》、中國社會科學院文學研究所《唐詩選》、蕭滌非等《唐詩鑒賞辭典》、冉雲飛《像唐詩一樣生活》、王兆鵬《唐詩排行榜》等眾多選本，而清代蘅塘退士（孫洙）的《唐詩三百首》居然至今暢行坊間。

比較而言，多種流行的選本都或多或少存在著未能全面、及時吸收唐詩研究的成果，立意、造論各該一端的缺點，重新編選唐詩也還是值得一試的冒險。

## 五

詩歌如何選擇、箋釋，藝術標準是什麼，面對哪部分讀者？一個難以兼美的難題。

詩言志，歌永言，聲依永，律和聲，八音克諧，無相奪倫。文學之別於其他，在於以真情、實事為基礎，以具象、抒情為特徵。詩歌之別於散文、小說、戲劇，在於發諸情性，賦而比興，諧於律呂，超乎世塵，以源於自然、社會而高於自然、社會之真、之善為旨歸，以字詞精當、聲調諧和、境象獨特、意蘊深長之美而取勝。

唐代殷璠《河嶽英靈集》論曰：璠之所集，頗異諸家：既聞新聲，複曉古體，文質半取，風騷兩挾，言氣骨則建安為傳，論宮商則太康不逮。稍後日本遍照金剛《文鏡祕府論》卷四亦云：凡作詩之體，意是格，聲是律，意高則格高，聲辨則律清，格律全，然後始有調。

明初高啟《獨庵集序》云：詩之要，有曰格、意、趣。格以辨其體，意以達其情，趣以臻其妙也。體不辨則入於邪陋，而師古之義乖；情不達則墮於浮虛，而感人之實淺；妙不臻則流於近凡，而超俗之風微。

清代同治二年曾國藩致沅弟（曾國荃）書主張：以詩言之，必先有豁達光明之識，而後有恬淡沖融之趣。詩文應得陰陽之美，具氣勢、識度、情韻、趣味之象。

現代馬一浮《知性書院講錄・論語大義》稱：詩以感為體。令人感發興起，必假言說……「須是如迷忽覺，如夢忽醒，如仆者之起，如病者之蘇，方是興也」。

朱光潛《詩的隱與顯》指出，詩的要素有三種：就骨子裏說，詩要表現一種情趣；就表面說，詩有意象，有聲音。詩以情趣為主，應新穎情趣見於諧和聲音，寓於具體意象。

傅庚生《中國文學欣賞舉隅》序：文學之欣賞，所取資於文學作品者不外為內容與形式兩方面。……情必持之以理，理必融之以情，……約之以感情、想像、理性、形式四者。

近現代詩論則揭櫫：人是社會實踐的主體和目的，是自覺、自為的社會主體，每個人的自由發展是一切人的自由發展的條件！人類理性雖然只提出自己能夠解決的任務，但理性是並且應當是個人激情的奴隸，詩是並且應當是激情的結晶和自由的象徵。

唐詩表現的個人情感、社會生活和外在世界，前人已多有論述。唐詩的藝術特徵，可以從命意、章法、格律、風調等方面認識和評判。

唐詩的編選準則，類如孔子選詩，殷璠《河嶽英靈集》，清代王士禛《唐賢三昧集》、沈德潛《唐詩別裁集》、管世銘《讀雪山房唐詩鈔》、蘅塘退士《唐詩三百首》、曾國藩《十八家詩鈔》，近現代陳衍《宋詩精華錄》、沈祖棻《唐人七絕詩淺釋》，大致可借而用之。

## 六

唐詩的演進、詩人的風格和詩歌的藝術，特別是唐詩的分期，中唐詩歌的志趣、體裁、題材、風格等方面的重大變化以及與宋詩的關係等問題，相關研究已汗牛充棟，毋庸贅述。

唐詩演進雖承前啟後，錯綜復雜，亦可大致分為初、盛、中、晚四期：初唐襲六朝餘韻，開承平詩風，富豔精緻，諸體初備；盛唐剛健熱烈，發揚踔厲，氣象闊大，諸音瀏亮；中唐創新詩法，開拓詩境，百花齊放，流派紛呈；晚唐感而悱惻，哀而沉郁，詞密句麗，思遠韻永。

以詩歌範式論，清初吳喬《圍爐詩話》云：唐人能自闢宇宙、開宗立派者，唯李、杜、昌黎、義山。現代領袖風騷、眾所稱許的，則是李、杜、白三大家，或王維、李白、杜甫、白居易、李商隱五大家。

以分期歷史論，初唐王績、杜審言、王勃、沈佺期、宋之問、陳子昂、張說，盛唐張九齡、孟浩然、李頎、王昌齡、王維、高適、李白、杜甫、岑參，中唐錢起、劉長卿、韋應物、李益、張籍、王建、韓愈、白居易、劉禹錫、柳宗元、賈島、李賀，晚唐許渾、杜牧、溫庭筠、李商隱、韋莊、韓偓等人，可為各期詩人的代表。

個人偏愛的詩人，首推李白、杜甫，各選約百首；次屬王維、李商隱，各選約六十首。四人之詩，最好還是讀其全集。至於其他詩人膾炙人口的佳作，亦披沙揀金，兼容並蓄。

本書正選唐代詩人一百八十九位，詩歌約八百餘首。所選唐詩，可以誦讀幾年以至一生了。

## 七

這本唐詩選箋，閱讀人群主要是受過基礎教育的漢語讀者。

入選詩人，按照其生年的順序排列；生年不詳者，參照其登第、仕宦、交遊等情況而定。然詩人生卒與唐詩分期並非完全符合，大致而言，自虞世南至張諤為初唐，自張旭至劉灣為盛唐，自錢起至李賀為中唐，自許渾至譚用之為晚唐。

詩人小傳，兼顧其里貫、生平、文學和評價，因人而異，各有側重。其資料來源，參照往古與晚近、紙上與地下、國內與國外等多重資料，相互參證，裁量而定。如王無競、上官婉兒、李隆基、王之渙、高適、暢諸、張萬頃、戴叔倫、韋應物、盧綸、姚合等人生平，即根據新出碑銘而重新修訂。

每位詩人作品，大致按照五言、七言、近體、古體的順序編排。作品文本，主要依據清代彭定求等編、中華書局1999年出版《全唐詩》，陳尚君輯校、中華書局1992年出版《全唐詩補編》，兼顧早期文本與考釋成果，從先、從優而酌定。

詩之箋注，雖不可少，但應簡潔。詩無達詁，言人人殊；興發於此，義歸於彼。關鍵、疑難之字詞、人名、地名、典故、本事等，以及重要異文，人多不知者，精注；人多知之者，少注或不注。部分正選作品，為揭示其創作上的前緣後影，適當附錄古今其他詩人作品，以助讀者瞭解和理解。

作詩難，讀詩難，選詩、解詩亦難。管世銘《讀雪山房唐詩鈔》曾自許：雖不敢謂盡有唐詩之勝，而凡為詩人之所當吟諷及有裨於詩教者，宜無不在。這一選本，當是竭力博採眾家，薈萃精義，標舉詩法，發抉義蘊。但一人性情，難免顧此失彼；一人識見，難免孤陋寡聞。我的關注、選擇、箋釋，你們是否會意、感通、喜歡？

二〇〇七年初稿，二〇一五年定稿。

# 目次
CONTENTS

# 初唐

# 虞世南

虞世南（558～638）字伯施，越州余姚（浙江余姚）人。少與其兄虞世基受學於吳郡顧野王，時人方之「二陸」。隋代官祕書郎，曾編撰《北堂書鈔》等類書。入唐，歷弘文館學士、祕書監，有氣節，不從眾，太宗稱其德行、忠直、博學、文詞、書法為五絕。淩煙閣二十四功臣之一，封永興縣子，後進縣公，世稱虞永興，諡文懿。唐初褚亮《十八學士贊》稱頌虞世南「篤行揚聲，雕文絕世，網羅百家，並包六藝」，此四句亦總括初唐詩文特徵。有《虞世南集》，今胡洪軍、胡遐輯注《虞世南詩文集》。

## 蟬①

垂緌飲清露②，流響出疏桐。居高聲自遠，非是藉秋風。

①蟬出於土，蛻化塵外，有「文、清、廉、儉、信」五德。同時李百藥《詠蟬》：「清心自飲露，哀響乍吟風。未上華冠側，先驚翳葉中。

②緌音蕊，觸鬚，冠纓，如「彤雲剩根蒂，絳幘欠纓緌」。

# 結客少年場行①

韓魏多奇節，倜儻遺聲利。共矜然諾心，各負縱橫志。
結交一言重，相期千里至。綠沉明月弦，金絡浮雲轡。
吹簫入吳市，擊筑遊燕肆。尋源博望侯，結客遠相求②。
少年懷一顧，長驅背隴頭。焰焰戈霜動，耿耿劍虹浮。
天山冬夏雪，交河南北流。雲起龍沙暗，木落雁門秋③。
輕生殉知己，非是為身謀。

①秦漢時置樂府令，漢武帝設樂府，乃配置樂曲、訓練樂工和採集民歌之專門官署，魏晉時稱漢樂府採制之詩歌為「樂府」、「漢樂府」，後世文人仿此形式所作詩歌亦稱「樂府詩」。

②吹簫吳市、擊筑燕肆、尋源博望侯，春秋末年伍員（子胥）、戰國末年高漸離、荆軻、西漢張騫事。

③天山、交河、龍沙、雁門、玉門、馬邑、瀚海、陰山等既是西北地名，亦泛指西北邊塞。

# 李百藥

李百藥（565～648）字重規，定州安平（河北安平）人。其父李德林曾任隋內史令，撰有《齊史》。李百藥幼多病，七歲能屬文，隋文帝時仕太子舍人、東宮學士。曾入杜伏威等軍，後歸唐，唐太宗重其名，拜中書舍人、禮部侍郎、散騎常侍，諡康。受命修訂五禮、律令，撰《齊書》。及懸車告老，文酒譚詠，從心所欲，以盡平生之志，有詩一卷。

## 秋晚登古城

日落征途遠，悵然臨古城。頹墉寒雀集，荒堞晚烏驚①。
蕭森灌木上，迢遞孤煙生。霞景煥餘照，露氣澄晚清。
秋風轉搖落，此志安可平②！

①墉，城牆，高牆；堞，城上矮牆，如城堞、堞口。
②李百藥長於五言，詩風多樣。其《雨後》：「晚來風景麗，晴初物色華。薄雲向空盡，輕虹逐望斜。後窗臨岸竹，前階枕浦沙。寂寥無與晤，尊酒論風花。」

# 王珪

王珪（571～639）字叔玠，郡望太原祁，岐州郿縣（陝西眉縣）人。王珪隋代為奉禮郎，入唐曆官太子舍人，太宗時拜諫議大夫，與房玄齡、魏徵、杜如晦、李靖等人同知國政，為初唐名相。自言別無他長，然激濁揚清，嫉惡好善，略勝諸臣。存詩僅《詠漢高祖》、《淮陰侯》二首。

## 詠漢高祖

漢祖起豐沛，乘運以躍鱗。手奮三尺劍，西滅無道秦。
十月五星聚，七年四海賓①。高抗威宇宙，貴有天下人。
憶昔與項王，契闊時未伸②。鴻門既薄蝕，滎陽亦蒙塵③。
蟣虱聲介胄，將軍多苦辛。爪牙驅信越，腹心謀張陳。
赫赫西楚國，化為丘與榛④。

①五星聚，即金、木、水、火、土五星連珠。史載周將伐殷，五星聚房；劉邦入秦，五星聚東井。
②契闊，有勤苦、久別、懷念、相約等義，此指相識、相約。
③薄蝕、薄食，日月之蝕（食），指不祥、危險之事。
④西楚項王，此指隋末李密，李密好讀《漢書・陳勝項籍傳》，其行事亦頗似項羽。

# 魏徵

魏徵（580～643）字玄成，《舊唐書》稱鉅鹿曲城人，《新唐書》作魏州曲城，即今河北晉縣（晉州），後遷相州內黃。少孤，落拓有大志，曾為道士。隋末參加瓦崗軍，初事李密，後歸唐，依太子李建成。太宗即位後，犯顏直諫二百餘事，無不剴切，成就君臣勳業。貞觀中，受詔總修梁、陳、齊、周、隋史，序論多出其手。存詩一卷，多慷慨激昂，富盛唐之氣。

## 述懷①

中原初逐鹿，投筆事戎軒。縱橫計不就，慷慨志猶存。
杖策謁天子，驅馬出關門。請纓系南越，憑軾下東藩②。
鬱紆陟高岫，出沒望平原。古木鳴寒鳥，空山啼夜猿。
既傷千里目，還驚九逝魂。豈不憚艱險，深懷國士恩。
季布無二諾，侯嬴重一言③。人生感意氣，功名誰復論。

①詩題一作「出關作」，當為太宗貞觀元年，魏徵為諫議大夫，奉命安諭河北時作。

②請纓指西漢武帝時終軍之事，憑軾指漢高祖時酈食其之事。

③季布，秦末漢初楚人，任俠重諾；侯嬴，戰國時魏人，謙恭安貧，後獻計竊符救趙，為報答信陵君知遇而自殺。

# 王績

王績（590？～644）字無功，絳州龍門（山西河津）人。隋大業中舉孝悌廉潔，初授祕書省正字，辭而復授六合縣丞，因天下大亂，棄官歸鄉，躬耕於龍門北山東皋。唐武德間以前朝原官待詔門下省，特判日給酒一斗，時稱「斗酒學士」，不久因事退隱。貞觀十一年任太樂丞，兩年後以足疾掛冠，歸隱龍門河汾間。因居東皋，自號「東皋子」。王績三仕三退，崇尚阮籍、陶潛，凸顯生命意識，詩風從綺麗輕靡轉疏野淡樸，饒有高致逸趣，開唐詩之風氣。有《王無功文集》，今韓理洲會校《王無功文集》。

## 過酒家①

此日長昏飲，非關養性靈。眼看人盡醉，何忍獨為醒！

①原作五首，選其二。皮日休《閒夜酒醒》則云：「醒來山月高，孤枕群書裏。酒渴漫思茶，山童呼不起。」

## 野望

東皋薄暮望，徙倚欲何依[①]？樹樹皆秋色，山山唯落暉。
牧童驅犢返，獵馬帶禽歸[②]。相顧無相識，長歌懷採薇[③]。

①依，古代與「暉」、「歸」、「薇」同韻。
②此詩頷聯物我一體，頸聯生氣勃勃，屬對工整，且守和聲、叶韻，為現存唐代五言律詩濫觴。
③採薇，商末孤竹國公子伯夷、叔齊不滿紂王之政，不願繼承王位，先後隱居渤海之濱、首陽山中，事蹟見西漢司馬遷《史記・伯夷列傳》。

## 秋園夜坐

秋來木葉黃，半夜坐林塘。淺溜含新凍，輕雲護早霜。
落螢飛未起，驚鳥亂無行。寂寞知何事？東籬菊稍芳。

## 贈程處士

百年長擾擾，萬事悉悠悠。日光隨意落，河水任情流。
禮樂囚姬旦，詩書縛孔丘[①]。不如高枕上，時取醉消愁。

①周公姬旦曾制禮作樂，建立典章；孔丘曾刪詩書（《詩經》、《尚書》），定禮樂，贊《周易》，修《春秋》，有教無類，克己復禮。王績感於「禹湯立法，禮繁樂雜」（其《醉鄉記》語），退歸而以酒德遊於鄉里。若內心不平，醉鄉豈可消愁？

## 田家

阮籍生涯懶，嵇康意氣疏①。相逢一醉飽，獨坐數行書。
小池聊養鶴，閑田且牧豬。草生元亮徑，花暗子雲居②。
倚牀看婦織，登壟課兒鋤。回頭尋仙事，並是一空虛。

①阮籍字嗣宗，嵇康字叔夜，三國魏晉時人，阮籍曾為步兵校尉，嵇康曾為中散大夫。二人皆博學善琴，有濟世之志，然生逢亂世，政治黑暗，阮籍乃佯狂避世，嵇康終被司馬昭處死。
②元亮，東晉陶潛；子雲，西漢末揚雄：皆不得志於時。

## 解六合丞還

我家滄海白雲邊，還將別業對林泉。
不用功名喧一世，直取煙霞送百年。
彭澤有田唯種黍，步兵從宦豈論錢。
但使百年相續醉，何辭夜夜甕間眠①！

①步兵指東晉阮籍，籍聞步兵廚營人善釀，有貯酒三百斛，乃求為步兵校尉。鄰家少婦有美色，當壚沽酒，籍嘗詣飲，醉便臥其側。籍既不自嫌，其夫察之，亦不疑也。

# 李世民

李世民（598～649）字不詳，祖籍隴西成紀，生於武功，唐高祖李淵次子。隋末，李世民佐父滅隋平亂。李淵稱帝，官尚書令、右武侯大將軍，封秦國公、秦王。武德九年六月四日，在爭奪帝位之玄武門事變中，李世民擊殺太子建成及齊王元吉，強嗣帝位，廟號太宗，葬於昭陵。在位二十四年，年號貞觀，任賢納諫，輕刑薄賦，民阜國安，史稱「貞觀之治」。李世民天文秀發，兼通文學，即位前曾開文學館，召名儒十八人為學士。即位後置弘文館，聽政之暇，討論文學，雜以文詠，一時虞世南、魏徵賡歌屬和，共倡斯道，誠為唐代詩歌興盛之始。其《飲馬長城窟行》、《經破薛舉戰地》等篇，足見英雄氣概。

## 帝京篇①

秦川雄帝宅，函谷壯皇居。綺殿千尋起，離宮百雉餘。
連甍遙接漢，飛觀迥淩虛。雲日隱層闕，風煙出綺疏。

①原作十首，選其一，詩序「予以萬機之暇」不錄，此篇亦為《全唐詩》開卷之作。雖非佳作，可想見其人其格。

# 過舊宅

新豐停翠輦，譙邑駐鳴笳。園荒一徑斷，苔古半階斜。
前池消舊水，昔樹發今花。一朝辭此地，四海遂為家[①]。

①其殘句：「昔乘匹馬去，今驅萬乘來」；《還陝述懷》結句：「在昔戎戈動，今來宇宙平。」但中唐之後，府兵制、均田制漸次崩潰，宦官專政，藩鎮割據，國力衰頹，政令不達，以至唐昭宗李曄（867～904）《菩薩蠻》哀歎：「安得有英雄，迎歸大內中？」一作「何處是英雄，迎儂（奴）歸故宮？」

# 上官儀

上官儀（608？～664）字遊韶，郡望隴西上邽，祖籍陝州，其父上官弘徙家江都（江蘇揚州）。貞觀元年（627）進士，授晉府參軍、東閣祭酒、弘文館學士，累遷給事中、太子洗馬、中書舍人。涉獵經史，善屬文，太宗有作，常命其視草。高宗即位，遷祕書少監、銀青光祿大夫、行中書侍郎，龍朔二年（662）為相，煊赫一時。後因與高宗議廢武后，被誣下獄，與其子上官庭芝等人同被處死，全家籍沒。長於五言，其詞綺錯婉媚，仿效成風，號為「上官體」，實為齊梁新宮體詩、宮廷詩之別稱。上官儀死，江左綺靡餘風亦終。

## 入朝洛堤步月①

脈脈廣川流，驅馬歷長洲。鵲飛山月曙②，蟬噪野風秋。

①北宋計有功《唐詩紀事》卷六載，上官儀嘗淩晨入朝，巡洛水堤，步月徐轡，詠詩曰：「脈脈廣川流，……」音韻清亮，群公望之，猶神仙焉。

②「山月曙」，盛唐劉餗《隋唐嘉話》卷上作「山月曉」。

# 王梵志

王梵志（？～？）一名梵天，初唐人，生卒、籍貫不詳。盧照鄰有《營新龕窟室戲學王梵志》，王維《與胡居士皆病，寄此詩，兼示學人》題下注「二首，梵志體」，而新舊唐書和《全唐詩》不載其詩。現代胡適等人考證，王梵志生於殷富之家，晚年皈依佛門，其詩多說理諷人，語言淺近戲諧，曾流行於民間。敦煌石室所藏唐代詩人作品，王梵志詩三卷，數量居首位。胡適《白話文學史》譽王績、王梵志、寒山為唐代三大白話詩人。

## 他人騎大馬①

他人騎大馬，我獨跨驢子。回顧擔柴漢，心下較些子②。

①今署名王梵志詩，實包含初唐至晚唐多人之作，且多為五言詩，多無題名。

②馬、驢：古代車輿服飾皆有規制，如唐代馬匹主要用於官家和軍隊，未有官者准乘蜀馬、鐵鐙，而商賈、庶人、僧、道士不乘馬。較些子，些子即些少、些細、僅有之意，禪林用語，意謂有幾分對。

# 武則天

武則天（624？～705）名珝，後改名照，稱帝時名曌，籍貫並州文水（山西文水），生於長安，一說利州（四川廣元）。十四歲入宮，賜名武媚，冊為才人，太宗死後入感業寺為尼。高宗即位，復召入宮為昭儀、宸妃，永徽六年立為皇后，改元永徽為顯慶。永淳二年（683），高宗去世，中宗李顯即位，武則天為皇太后。嗣聖元年，廢李顯為廬陵王，立李旦為帝，武后臨朝稱制。載初元年（690），武則天廢睿宗，自稱聖神皇帝，國號周，定東都洛陽為神都，史稱武周，為古代中國第一亦是唯一女帝。武則天在位十六年，實掌國政四十餘年，政治經濟有所發展，而文藝學術鮮有繁榮。神龍元年（705）政變，中宗復位，尊武則天為則天大聖皇帝，晚近稱武后、武則天。

# 如意娘①

看朱成碧思紛紛，憔悴支離為憶君②。
不信比來長下淚，開箱驗取石榴裙。

①如意娘，商調曲，此詩當為武則天在感業寺為尼時作。《如意娘》、《臘日宣詔幸上苑》別開聲調，似可看出武則天內心與人格另一面。唐代后妃之詩可誦者，不獨武氏。如唐太宗皇后長孫氏《春遊曲》：「上苑杏花朝日明，蘭閨豔妾動春情。井上新桃偷面色，簷邊嫩柳學身輕。花中來去看舞蝶，樹上長短聽啼鶯。林下何須遠借問，出眾風流舊有名。」直白大膽，活潑可愛，確有外族女子之風。徐惠幼聰慧，唐太宗召為才人，手不廢卷，曾上《諫太宗息兵罷役疏》，其《進太宗》云：「朝來臨鏡臺，妝罷暫裴回。千金始一笑，一召詎能來？」森冷後宮，何其嬌憨？晚唐裴鉶《傳奇》記楊太真（貴妃）侍兒張雲容善為霓裳舞，太真贈其《阿那曲》，雖屬偽託，亦出語波俏：「羅袖動香香不已，紅蕖嫋嫋秋煙裏。輕雲嶺上乍搖風，嫩柳池塘初拂水。」

②看朱成碧，南朝梁王僧儒《夜愁示諸賓》有「誰知心眼亂，看朱忽成碧」；李白《前有尊酒行》亦有「催弦拂柱與君飲，看朱成碧眼始紅。」武則天所憶何君？不可確指。

# 盧照鄰

盧照鄰（634？～686？）字昇之，范陽涿（河北涿州）人。按盧照鄰兄照乘字杲之，弟照己字炅之，其字一作昪之定誤。曾任鄧王府典簽、新都尉，屈沉下僚。兼因風病，去官居終南山、具茨山等地，自號幽憂子。後手足攣緩十年，因不堪其苦，與親屬執別，自沉潁水，盧照己編其文集。與駱賓王、王勃、楊炯於初唐文章詩歌多所創闢，合稱「四傑」。四傑之名，張說、郗雲卿稱駱盧王楊，宋之問、杜甫稱王楊盧駱。以年齒、風格論，四傑當為「盧駱、王楊」，王楊盧駱有品第文章之意。盧、駱多五、七言古體，王、楊精五言律詩。有《幽憂子集》。

## 曲江花①

浮香繞曲岸，圓影覆華池。常恐秋風早，飄零君不知。

①詩題一作「曲池荷」。曲江、曲池，地名，有長安曲江、廣東曲江、雲南曲江等。此指長安曲江，位於都城東南，原為秦漢宜春苑，隋唐時為皇家園林，隋煬帝時更名芙蓉苑。

## 梅花落[①]

梅嶺花初發，天山雪未開。雪處疑花滿，花邊似雪回。
因風入舞袖，雜粉向妝臺。匈奴幾萬里，春至不知來[②]。

①梅花落，漢樂府橫吹曲名，傳為西漢李延年所創，南朝宋鮑照、中唐劉方平等人有同題之作，李白《黃鶴樓聞笛》之「黃鶴樓中吹玉笛，江城五月落梅花」即指此曲。

②春至不知或春風不度，並為憤激。其《隴頭水》亦歎：「隴阪高無極，征人一望鄉。關河別去水，沙塞斷歸腸。馬系千年樹，旌懸九月霜。從來共嗚咽，皆是為勤王。」

## 長安古意[①]

長安大道連狹斜，青牛白馬七香車。
玉輦縱橫過主第，金鞭絡繹向侯家。
龍銜寶蓋承朝日，鳳吐流蘇帶晚霞。
百丈遊絲爭繞樹，一群嬌鳥共啼花。
啼花戲蝶千門側，碧樹銀臺萬種色。
復道交窗作合歡，雙闕連甍垂鳳翼。
梁家畫閣天中起，漢帝金莖雲外直[②]。
樓前相望不相知，陌上相逢詎相識？
借問吹簫向紫煙，曾經學舞度芳年。
得成比目何辭死，願作鴛鴦不羡仙。

比目鴛鴦真可羨，雙去雙來君不見？
生憎帳額繡孤鸞，好取門簾貼雙燕。
雙燕雙飛繞畫梁，羅帷翠被鬱金香。
片片行雲著蟬鬢，纖纖新月上鴉黃。
鴉黃粉白車中出，含嬌含態情非一。
妖童寶馬鐵連錢，娼婦盤龍金屈膝③。
御史府中烏夜啼，廷尉門前雀欲棲。
隱隱朱城臨玉道，遙遙翠幰沒金堤。
挾彈飛鷹杜陵北，探丸借客渭橋西④。
俱邀俠客芙蓉劍，共宿娼家桃李蹊。
娼家日暮紫羅裙，清歌一囀口氛氳。
北堂夜夜人如月，南陌朝朝騎似雲。
南陌北堂連北里，五劇三條控三市。
弱柳青槐拂地垂，佳氣紅塵暗天起。
漢朝金吾千騎來，翡翠屠蘇鸚鵡杯。
羅襦寶帶為君解，燕歌趙舞為君開。
別有豪華稱將相，轉日回天不相讓。
意氣由來排灌夫，專權判不容蕭相。
專權意氣本豪雄，青虯紫燕坐生風⑤
自言歌舞長千載，自謂驕奢淩五公。
節物風光不相待，桑田碧海須臾改。
昔時金階白玉堂，即今唯見青松在。
寂寂寥寥揚子居，年年歲歲一牀書。
獨有南山桂花發，飛來飛去襲人裾⑥。

①可與其《行路難》、駱賓王《上吏部侍郎帝京篇》、王勃《臨高臺》對讀。
②梁家，梁統至梁冀為東漢世家大族，此借指豪貴之家；金莖即銅柱，用以擎承露盤。西漢武帝曾立銅仙人承露盤，三國魏明帝亦仿作承露金莖。
③屈膝，屈戌，今鉸鏈、闔葉類金屬零件。
④探丸，出《漢書．酷吏傳．尹賞》；借客，出《漢書．楊胡朱（雲）梅雲傳》：皆指替人殺人報仇。
⑤西漢灌夫，初以勇武聞名，為人剛直，因在丞相田蚡處使酒罵座，為蚡所劾，以不敬罪族誅；蕭望之為蕭何六世孫，因宦官弘恭、石顯使人誣告，不屈而飲鴆自殺；青虬紫燕，皆駿馬名。
⑥揚子，西漢揚雄，曾校書天祿閣，作《太玄》。

# 駱賓王

駱賓王（635？～684？）字觀光，婺州義烏（浙江義烏）人。曾為道王府屬，武功、長安主簿、侍御史，從軍西域，後被誣貶為臨海縣丞。嗣聖元年，武則天廢中宗李顯為廬陵王，立李旦為帝（睿宗），臨朝稱制。同年九月，李勣（徐世勣）子李敬業等人起兵反對，駱賓王輔之，作《討武曌檄》。及敗，不知所終。唐中宗令郤文卿編《駱賓王文集》。

## 易水送人①

此地別燕丹，壯士髮衝冠。昔時人已沒，今日水猶寒。

①易水，在今河北易縣。司馬遷《史記・刺客列傳》載，戰國燕太子丹遣荊軻刺秦王嬴政，臨別歌曰：「風蕭蕭兮易水寒，壯士一去兮不復還！」徐敬業興兵討武，駱賓王《在軍登城樓》云：「城上風威冷，江中水氣寒。戎衣何日定，歌舞入長安。」

# 在獄詠蟬①

西陸蟬聲唱，南冠客思深③。不堪玄鬢影，來對白頭吟。
露重飛難進，風多響易沉。無人信高潔，誰為表予心？

①唐高宗時，駱賓王因上書言事，觸忤武則天，遭誣下獄，此詩序「余禁所禁垣西」不錄。

②纆音墨，徽纆一指繩索，引申拘禁；一指木工之墨線，引申規矩。

③《隋書・天文志》：日循黃道東行，行東陸謂之春，行南陸謂之夏，行西陸謂之秋，行北陸謂之冬；南冠，楚冠，指囚徒。

# 韋承慶

韋承慶（640～706）字延休，祖籍京兆杜陵，徙家河內陽武（河南原陽）。龍朔二年進士，授雍王府參軍，長安中授鳳閣侍郎，兼知政事。神龍元年，以附張易之流嶺表，歲余以祕書員外少監召，兼修國史，封扶陽縣子，諡溫。長於辭學，屬文迅捷，下筆輒成，文集六十卷已佚，存詩七首。

## 南中詠雁①

萬里人南去，三春雁北飛。不知何歲月，得與爾同歸②？

①南中，此指嶺南，另指川貴一代。

②「三春」一作「三秋」，「與爾」一作「與汝」，而湖南長沙石渚唐代銅官窯器皿題詩則作「萬里人南去，三春雁不歸。不知何歲月，得共女同歸。」張說《嶺南送使》二首之一亦有此歎：「獄中生白髮，嶺外罷紅顏。古來相送處，凡得幾人還？」

# 李嶠

李嶠（645～714？）字巨山，趙州贊皇（河北贊皇）人。十五通五經，弱冠擢進士。始調安定尉，歷仕高宗、武則天、中宗、睿宗四朝，兩度為相。武則天時官鳳閣舍人，每有大手筆，特命李嶠為之。李嶠有才思，工詩文，與蘇味道齊名，又與杜審言、崔融、蘇味道為「文章四友」。後諸人沒，李嶠為文章宿老，一時學者取法。有《李嶠集》。

## 中秋月①

圓魄上寒空，皆言四海同。安知千里外，不有雨兼風？

①原作二首，選其二，其一：「盈缺青冥外，東風萬古吹。何人種丹桂，不長出輪枝？」

## 送李邕

落日荒郊外，風景正淒淒。離人席上起，征馬路傍嘶。
別酒傾壺贈，行書掩淚題。殷勤御溝水，從此各東西。

# 汾陰行

君不見，昔日西京全盛時，汾陰后土親祭祠[①]。
齋宮宿寢設儲供，撞鐘鳴鼓樹羽旗。
漢家五葉才且雄，賓延萬靈朝九戎。
柏梁賦詩高宴罷，詔書法駕幸河東[②]。
河東太守親掃除，奉迎至尊導鑾輿。
五營夾道列容衛，三河縱觀空里閭。
回旌駐蹕降靈場，焚香奠醑邀百祥。
金鼎發色正焜煌，靈祇煒燁攄景光。
埋玉陳牲禮神畢，舉麾上馬乘輿出。
彼汾之曲嘉可遊，木蘭為楫桂為舟。
棹歌微吟彩鷁浮，簫鼓哀鳴白雲秋[③]。
歡娛宴洽賜群後，家家復除戶牛酒。
聲明動天樂無有，千秋萬歲南山壽。
自從天子向秦關，玉輦金車不復還。
珠簾羽扇長寂寞，鼎湖龍髯安可攀？
千齡人事一朝空，四海為家此路窮。
豪雄意氣今何在，壇場宮館盡蒿蓬。
路逢故老長歎息，世事回環不可測。
昔時青樓對歌舞，今日黃埃聚荊棘。
山川滿目淚沾衣，富貴榮華能幾時？
不見只今汾水上，唯有年年秋雁飛[④]。

①后土，古代地神，自西漢始，皇帝在汾陰（山西萬榮）祭祀后土。

②漢家五葉，指高祖、惠帝、少帝、文帝、景帝五帝。柏梁賦詩，武帝劉徹元鼎二年春於長安未央宮內起造柏梁臺，元封三年宴於臺上，武帝倡作七言詩，首句「日月星辰和四時」，自梁孝王、大司馬、丞相等二十三人一人一句，以東方朔「迫窘詰屈幾窮哉」結。此詩稱《柏梁詩》，後世聯句詩亦稱「柏梁詩」或「柏梁體」。

③鷁，音易，水鳥，古時船頭多畫鷁首，故用以代稱船。白雲秋，意指漢武帝劉徹泛舟汾水，所歌《秋風辭》：「秋風起兮白雲飛，草木黃落兮雁南歸。……」

④中唐李德裕《次柳氏舊聞》等載，唐玄宗聽梨園弟子唱此四句，淒然涕下：「李嶠真才子也」。

# 杜審言

杜審言（646？～708）字必簡，祖籍襄陽，其父依藝終於洛州鞏縣令，定居鞏縣。總章三年即咸亨元年進士，嘗任汾州隰城尉、江陰丞、洛陽丞，聖曆元年貶吉州司戶參軍，後為著作佐郎、膳部員外郎。神龍初流峰州，召回任國子主簿，終修文館直學士。其子閒、並，閒為杜甫之父。杜審言精於五言，詩律嚴謹，而恃才謇傲，嘗言「吾文章當得屈、宋作衙官，吾筆當得王羲之北面」，杜甫《宗武生日》亦誇「詩是吾家事，吾祖詩冠古」。有《杜審言集》。

## 和晉陵陸丞早春遊望①

獨有宦遊人，偏驚物候新。雲霞出海曙②，梅柳渡江春。
淑氣催黃鳥，晴光轉綠蘋③。忽聞歌古調，歸思欲沾襟。

①晉陵，今江蘇常州。此詩高華俊朗，格律嚴整，平仄協諧，南宋周弼《三體唐詩》（又名「唐詩三體家法」）、明代胡應麟《詩藪》推為初唐五律第一。

②海，有海洋、湖泊、池沼等意思。因江、海相連，則海、江對舉，互文見義，海當指「江」意。

③淑氣，春天溫潤之氣；黃鳥，又名倉庚、黃鸝、黃鶯，鳴聲悅耳。《詩經・豳風・七月》：有「春日載陽，有鳴倉庚。」蘋音頻，單子葉水生植物，又稱白蘋、芣菜、水鱉，圓葉白花，可食用、獻祭、贈人。

## 登襄陽城

旅客三秋至，層城四望開。楚山橫地出，漢水接天回。
冠蓋非新里，章華即舊臺。習池風景異，歸路滿塵埃①。

①冠蓋里，古地名，東漢出卿士、刺史數十人而得名；章華臺，春秋楚靈王所建；習池，東漢襄陽侯習郁故居及池沼：此三處故址均在湖北襄陽。

## 旅寓安南①

交趾殊風候，寒遲暖復催。仲冬山果熟，正月野花開。
積雨生昏霧，輕霜下震雷。故鄉逾萬里，客思倍從來。

①安南、交趾，今越南北部，秦漢至唐代均屬中國領土。安南之名，初見於唐代調露元年所置之安南都護府。交趾又名交址，其名秦末漢初南越時已有，漢武帝滅南越國，設交趾、九真、日南三郡，唐代交趾故地屬交州，州治交趾。

## 贈蘇綰書記①

知君書記本翩翩，為許從戎赴朔邊？
紅粉樓中應計日，燕支山下莫經年！

①詩題一作「贈蘇書記」。題中「書記」為名詞，軍中官職；首句「書記」為動詞，寫作文書。鳥飛翩翩，喻文才敏捷，人物蕭灑。初唐為五七言絕句、律詩創制時期，詩作自然流動，風調未諧，而風格超妙，別具意味。

# 春日京中有懷

今年遊寓獨遊秦，愁思看春不當春。
上林苑裏花徒發，細柳營前葉漫新。
公子南橋應盡興，將軍西第幾留賓。
寄語洛城風與日，明年春色倍還人。

# 李乂

李乂（647～714）字尚真，《舊唐書》作本名尚真，趙州房子（河北臨城）人。少孤好學，與兄尚一、尚貞俱以文章見稱。永隆二年（681）進士，累調萬年尉，擢監察御史，劾奏無避。遷中書舍人、修文館學士、刑部尚書，謚貞。兄弟三人文集號《李氏花萼集》，詩一卷，多應制之作。

## 次蘇州①

洛渚問吳潮，吳門想洛橋。夕煙楊柳岸，春水木蘭橈。
城邑高樓近，星辰北斗遙。無因生羽翼，輕舉托還飆。

①北宋李昉等《文苑英華》卷二九十作李乂詩，南宋范成大《吳郡志》作崔融詩，題為「吳中好風景」。

# 蘇味道

蘇味道（648～705）字不詳，趙州欒城（河北欒城）人。九歲能屬辭，乾封二年（667）弱冠進士及第。少與里人李嶠以文聞名，時號「蘇李」。武則天時，居宰相位數載，決事不欲明白，人稱「蘇模棱」。中宗時，蘇味道貶為眉州刺史，北宋「三蘇」即其後裔，蘇轍文集名《欒城集》。

## 正月十五夜①

火樹銀花合，星橋鐵鎖開。暗塵隨馬去，明月逐人來。
遊伎皆穠李②，行歌盡落梅。金吾不禁夜，玉漏莫相催。

①詩題或作「觀燈」、「上元」。中唐劉肅《大唐新語》卷八載：神龍之際，京城正月望日盛飾燈影之會，金吾弛禁，特許夜行。貴族戚屬及下隸工賈，無不夜遊。車馬喧闐，人不得顧。王、主之家，馬上作樂，以相競誇。文士皆賦詩一章，以記其事。作者數百人，唯蘇味道、郭利貞、崔液推為絕唱。

②伎或作妓，技藝才能，又指古代以歌舞等為業之女子，包括宮伎、官伎、家伎、野伎等。

# 王勃

王勃（650～676？）字子安，絳州龍門（山西河津）人，文中子王通之孫，王績侄孫。六歲善詞章，與兄勔、勮皆著才名，杜易簡稱「三珠樹」。王勃恃才傲物，因擅殺官奴當誅，遇赦除名，累及其父王福畤降為交址縣令。上元二年，王勃與父赴任，還渡南海，溺水而亡，今越南義安省宜祿縣宜春鄉有王福畤父子祠遺址。五言律詩至杜審言、王勃逐步成型，漸入佳境。有《王勃集》。

## 山中

長江悲已滯，萬里念將歸。況屬高風晚，山山黃葉飛①。

①其《羈春》亦寫羈旅之思，一晚秋葉落，一暮春花飛：「客心千里倦，春事一朝歸。還傷北園裏，重見落花飛。」

## 送杜少府之任蜀川①

城闕輔三秦，風煙望五津②。與君離別意，同是宦遊人。
海內存知己，天涯若比鄰③。無為在歧路，兒女共沾巾。

①蜀川，猶言蜀地，或作蜀州，誤。中唐李吉甫《元和郡縣圖志》、新舊《唐書》皆記，蜀州乃垂拱二年新置，治所晉原（四川崇慶），為益州（成都、蜀郡）所轄，時王勃已去世十年。少府指縣尉，唐代官制，一縣行政首長為縣令，縣丞、縣尉為縣令文、武輔官，縣令、縣丞、縣尉之尊稱、代稱為明府、贊府、少府。楊炯《送臨津房少府》，詩意相似。
②今施蟄存《唐詩百話》解，此詩首聯上句寫杜少府蜀州為三秦（長安）之輔，城闕非指都城宮闕，下句寫作者遙望五津（蜀州）風景。
③三國魏曹植《贈白馬王彪》句「丈夫志四海，萬里猶比鄰」，其意尤壯。

## 滕王閣①

滕王高閣臨江渚，珮玉鳴鸞罷歌舞。
畫棟朝飛南浦雲②，珠簾暮捲西山雨。
閒雲潭影日悠悠，物換星移幾度秋。
閣中帝子今何在？檻外長江空自流③。

①詩出《滕王閣序》，一說作於其父任六和令時，王勃年十四；一說上元二年，王勃陪父赴交址途中。
②南浦，南岸，南面水濱，湖南、湖北、四川等地亦有地名南浦，古詩文中常代指送別之地，亦如「長亭」、「灞橋」。
③帝子，指唐高祖李淵子、滕王李元嬰；檻，欄杆（闌干）。

# 楊炯

楊炯（650～693？）字不詳，弘農華陰（陝西華陰）人。顯慶四年（659）十歲舉神童，上元三年應制及第，曾任校書郎、崇文館學士、詹事司直，垂拱元年坐降梓州司法參軍，天授元年與宋之問分值習藝館。如意元年秋出為衢州盈川令，為政嚴酷，卒於任。詞學優長，恃才簡倨，每恥朝士矯飾，呼為「麒麟楦」。新舊《唐書》稱楊炯於四傑之名，嘗謂「吾愧在盧前，恥居王後」，然其現存作品不足此稱。王勃去世，楊炯為其整理編次文集。有《盈川集》。

## 從軍行

烽火照西京，心中自不平。牙璋辭鳳闕，鐵騎繞龍城①。
雪暗凋旗畫，風多雜鼓聲。寧為百夫長，勝作一書生②。

①牙璋，調兵之符信；鳳闕指大唐宮闕，龍城指敵方城池。

②請君暫上淩煙閣，若個書生萬戶侯？王維《送趙都督赴代州》、李華《奉使朔方贈郭都護》，詩意相近。王維：「天官動將星，漢地柳條青。萬里鳴刁斗，三軍出井陘。」

# 姚崇

姚崇（651～721）本名元崇，字元之，因避開元年諱，改名崇，陝州硤石（河南陝縣）人。好學，有氣節，弱冠以孝敬挽郎入仕，應下筆成章科，授濮州司倉參軍，五遷夏官侍郎。武則天、睿宗、玄宗朝三為宰相，精明強干，廉正不阿，封梁國公，謚文獻。《新唐書‧姚崇宋璟列傳》稱：「唐三百年，輔弼者不為少，獨前稱房杜，後稱姚宋。」

## 夜渡江①

夜渚帶浮煙，蒼茫晦遠天。舟輕不覺動，纜急始知牽。
聽笛遙尋岸，聞香暗識蓮。唯看去帆影，常似客心懸。

①此詩北宋李昉等《文苑英華》卷一六二作姚崇詩，計有功《唐詩紀事》作柳淡（中庸）詩。姚崇詩韻味清致，清脫有骨，應為姚詩。北宋歐陽修稱頌：「元劉事業時無取，姚宋篇章世不知。」

# 劉希夷

劉希夷（651～680？）字庭芝，一作挺之，汝州（河南汝州）人。上元二年進士，未曾入仕。善為從軍、閨帷之作，多依古調，詞旨哀怨，如《代悲白頭翁》、《擣衣篇》、《公子行》。現代聞一多以為，若論改良宮體，別撰歌行，盧照鄰、駱賓王與劉希夷、張若虛可稱一組「四傑」；若論創新句法，奠基五律，王勃、楊炯與沈佺期、宋之問可稱另一組「四傑」。

## 代白頭吟[①]

洛陽城東桃李花，飛來飛去落誰家。
洛陽兒女好顏色，坐見落花長歎息。
今年花落顏色改，明年花開復誰在？
已見松柏摧為薪，更聞桑田變成海。
古人無復洛城東，今人還對落花風。
年年歲歲花相似，歲歲年年人不同[②]。
寄言全盛紅顏子，應憐半死白頭翁。
此翁白頭真可憐，伊昔紅顏美少年。
公子王孫芳樹下，清歌妙舞落花前。

光祿池臺開錦繡，將軍樓閣畫神仙。
一朝臥病無相識，三春行樂在誰邊。
宛轉蛾眉能幾時，須臾鶴髮亂如絲。
但看古來歌舞地，唯有黃昏鳥雀悲。

①詩題或作「白頭吟」、「代白頭翁」，「白頭吟」乃樂府舊題。然此篇云「應憐半死白頭翁」，則是男為女所棄而作，與《白頭吟》本意相異。

②唐代劉肅《大唐新語》、韋絢《劉公嘉話》（即《劉賓客嘉話錄》）載，此詩成未周，為奸所殺。或云其舅宋之問苦愛「年年歲歲花相似，歲歲年年人不同」一聯，求之，劉希夷不與，宋之問怒，使奴以土袋壓殺之。日本吉川幸次郎《宋詩概說》稱，唐詩悲哀而宋詩平淡。

# 崔融

崔融（652～705）字安成，齊州全節（山東歷城）人。初應八科制舉皆擢第，如上元三年詞殫文律科，累補宮門丞，兼直崇文館學士。五律工整，曾獎引杜審言。為文華婉典麗，朝廷諸大手筆多委之。聖曆二年，武則天詔學士李嶠、閻朝隱、崔融等四十七人修《三教珠英》，參與此事者人稱「珠英學士」，修書其間，賦詩聚會，崔融編集其詩二百七十六首為《珠英學士集》。神龍二年，為撰武則天哀冊，絕筆而死，時謂苦思神竭，謚文。

## 關山月①

月生西海上，氣逐邊風壯。萬里度關山，蒼茫非一狀。
漢兵開郡國，胡馬窺亭障。夜夜聞悲笳，征人起南望。

①李白《關山月》之「明月出天山」，青出於藍而勝於藍。

# 王無競

王無競（652～706）字仲烈，東萊（山東萊州）人。家足於財，負氣豪縱。儀風二年下筆成章科及第，初授欒城尉，終太子舍人。武則天長安四年，因彈宗楚客、楊再思殿前失儀，貶蘇州司馬；次年張易之等敗，以嘗交往，再貶嶺外，為仇家矯制搒殺於廣州，後歸葬東萊。孫逖撰《太子舍人王公墓誌銘》則稱，「蔚其文，高其行，據於直，歸於正」。

## 巫山高①

神女向高唐，巫山下夕陽。裴回作行雨，婉孌逐荊王。
電影江前落，雷聲峽外長。朝雲無處所，臺館曉蒼蒼。

①一作宋之問詩。巫山高，樂府古題，出於漢樂府鼓吹曲之鐃歌。神女，一指女神或仙女，一指妓女。巫山雲雨，典出戰國楚國宋玉《高唐賦》。後人以此附會，多擬作。唐末范攄《雲溪友議》卷上稱，劉禹錫罷任夔州刺史，過巫山，悉去「巫山高」詩千餘首，但留沈佺期、王無競、李端、皇甫冉四篇。

# 郭震

郭震（656～713）字元振，以字顯，魏州貴鄉（河北大名）人。少有大志，咸亨四年（673）十八舉進士，拔萃登科，授梓州通泉尉。至縣，嘗鑄錢，掠良人財，以濟四方。武則天召欲詰，上《寶劍篇》，覽而嘉歎，詔示學士李嶠等人。郭震後為涼州都督，以軍功遷左驍衛將軍、安西大都護。睿宗、玄宗朝，兩次拜相，封代國公，旋被貶放而死，存詩一卷。

## 塞上

塞上虜塵飛，頻年出武威。死生隨玉劍，辛苦向金微①。
久戍人將老，長征馬不肥。仍聞酒泉郡，已合數重圍。

①明末清初王夫之《唐詩評選》稱，除「死生隨玉劍」一語誕而不浹，餘皆清安順適。

## 蓮花

臉膩香熏似有情，世間何物比輕盈。
湘妃雨後來池看，碧玉盤中弄水晶。

# 古劍篇[①]

君不見，昆吾鐵冶飛炎煙，紅光紫氣俱赫然。
良工鍛鍊凡幾年，鑄得寶劍名龍泉[②]。
龍泉顏色如霜雪，良工咨嗟歎奇絕。
琉璃玉匣吐蓮花，錯鏤金環映明月。
正逢天下無風塵，幸得周防君子身。
精光黯黯青蛇色，文章片片綠龜鱗。
非直結交遊俠子，亦曾親近英雄人。
何言中路遭棄捐，零落飄淪古獄邊。
雖復沉埋無所用，猶能夜夜氣沖天。

①詩題一作「寶劍篇」或「古劍歌」。據張說《兵部尚書代國公贈少保郭公行狀》，武則天聞郭震通泉尉事，驛徵引見，郭震對而不隱，上《古劍歌》，武則天覽而嘉之。

②昆吾，有山、石、部落、人名、刀劍、冶鑄之官等義，此指冶鑄之地。龍泉本名龍淵，避李淵諱而改。

# 沈佺期

沈佺期（656？～714？）字雲卿，郡望相州內黃，洛陽偃師（河南偃師）人。上元二年與鄭益、張鷟、宋之問、劉希夷等進士及第，坐交張易之，神龍元年流驩州，後官至中書舍人、太子少詹事。沈佺期工五言、七言，詩風靡麗，與宋之問合稱「沈宋」。五言、七言律詩經上官儀、四傑、杜審言發展，沈宋約句准篇，著定格律，趨於成熟。有《沈雲卿文集》。

## 雜詩

聞道黃龍戍，頻年不解兵。可憐閨裏月，長在漢家營。
少婦今春意，良人昨夜情。誰能將旗鼓，一為取龍城？

## 遊少林寺

長歌遊寶地，徙倚對珠林。雁塔風霜古，龍池歲月深。
紺園澄夕霽，碧殿下秋陰。歸路煙霞晚，山蟬處處吟①。

①少林寺位於登封嵩山少室山叢林中，故名少林，為禪宗祖庭，今以武術、旅遊馳名。全篇富麗嚴整，若結句超拔，則高不可及。

## 遙同杜五過庚嶺①

天長地闊嶺頭分，去國離家見白雲。
洛浦風光何所似，崇山瘴癘不堪聞②。
南浮漲海人何處，北望衡陽雁幾群。
兩地江山萬餘里，何時重謁聖明君③？

①詩題一作「遙同杜員外審言過嶺」。此詩「何」字三見，「地」字兩見，盛唐以後稱之犯重。芮挺章《國秀集》收此詩，文字有異。

②洛浦，指洛陽；崇山，《尚書．舜典》有「流共工於幽州，放驩兜於崇山」，此崇山當指其流放地驩州境內山名。又，崇山與洛浦、漲海（指南海）與衡陽，南北地名入對，亦七律對仗一格。

③結語一如其《奉和晦日幸昆明池應制》之「微臣衰朽質，羞睹豫章材」，何其卑弱不振？

## 古意①

盧家少婦鬱金堂，海燕雙棲玳瑁梁②。
九月寒砧催木葉，十年征戍憶遼陽。
白狼河北音書斷，丹鳳城南秋夜長。
誰為含愁獨不見，更教明月照流黃③。

①詩題一作「獨不見」、「古意贈補闕喬知之」，或「古意贈喬補闕知之」，此據唐代《搜玉小集》。詩中諸體，七律最難。沈佺期本為愁苦之詩，而首聯青春富麗，良辰美景，頷頸兩聯氣象闊大，開合奇妙，音節暢朗。明代何景明、薛蕙等人，現代顧隨推此詩為唐代七律第一。然尾聯終為齊梁樂府語，不是七律本色。

②「鬱金堂」一作「鬱金香」。郁金堂、玳瑁梁，古代詩詞為聲色、意境之美而多有誇飾，所謂作者可因情敷采，而讀者莫以辭害意。盧家少婦指莫愁，古樂府中女子，典出南朝梁武帝蕭衍《河中之水歌》。莫愁一說為洛陽人，十五嫁為盧家婦，故清代王闓運題南京莫愁湖聯：「莫輕他北地胭脂，看畫艇初來，江南女兒無顏色；盡消受六朝金粉，只青山依舊，春時桃李又芳菲。」

③「誰為」或作「誰知」、「誰謂」，「更教明月照流黃」一作「使妾明月對流黃」。

# 宋之問

宋之問（656？～712）一名少連，字延清，郡望西河（汾州），虢州弘農（河南靈寶）人。早歲知名，上元二年進士。武則天時官尚書監丞，曾附張易之、武三思、太平公主。神龍初，貶瀧州，遇赦還。睿宗景雲元年配流欽州，兩年後玄宗即位，賜死桂州。宋之問詩多應制之什，然精於聲律，文辭華美，晚年頗多佳作。有《宋之問集》。

## 渡漢江①

嶺外音書斷，經冬復歷春。近鄉情更怯，不敢問來人。

①清代蘅塘退士（孫洙）《唐詩三百首》作李頻詩，誤。

## 題大庾嶺北驛

陽月南飛雁，傳聞至此回。我行殊未已，何日復歸來？
江靜潮初落，林昏瘴不開。明朝望鄉處，應見嶺頭梅。

## 靈隱寺[①]

鷲嶺鬱岧嶢，龍宮鎖寂寥。樓觀滄海日，門對浙江潮[②]。
桂子月中落，天香雲外飄。捫蘿登塔遠，刳木取泉遙。
霜薄花更發，冰輕葉未凋。夙齡尚遐異，搜對滌煩囂[③]。
待入天臺路，看余度石橋。

①五代孟啟《本事詩・徵咎》載，宋之問貶還，遊杭州靈隱寺，夜月行吟「鷲嶺鬱岧嶢，龍宮鎖寂寥」，未得下聯，有老僧（傳為駱賓王）為續「樓觀滄海日，門對浙江潮」。今觀集中宋、駱蹤跡甚密，多有唱和，理應相識。孟啟字初中，江夏武昌人，乾符二年及第，新出《唐孟氏塚婦隴西李夫人墓誌銘並敍》，孟啟撰《唐故朝請大夫京兆少尹上柱國孟府君夫人蘭陵郡君蕭氏墓誌銘》等墓誌，舊寫孟棨、孟綮皆誤，應為孟啟。
②鷲嶺，指飛來峰，在靈隱寺對面；龍宮，指佛殿。
③夙齡，早年；尚遐異，喜尚遠遊探奇。搜對滌煩囂，探尋面對美景，消解煩擾喧鬧。

## 明河篇[①]

八月涼風天氣晶，萬里無雲河漢明。
昏見南樓清且淺，曉落西山復縱橫。
洛陽城闕天中起，長河夜夜千門裏。
復道連甍共蔽虧，畫堂瓊戶特相宜。
雲母帳前初汜濫，水精簾外轉逶迤。

倬彼昭回如練白[②]，復出東城接南陌。
南陌征人去不歸，誰家今夜擣寒衣。
鴛鴦機上疏螢過，烏鵲橋邊一雁飛。
雁飛螢度愁難歇，坐見明河漸微沒。
已能舒卷任浮雲，不惜光輝讓流月。
明河可望不可親，願得乘槎一問津。
更將織女支機石，還訪成都賣卜人[③]。

①據孟啟《本事詩・怨憤》，武則天時，宋之問求為北門學士不許，托以見意。其裔孫宋廷芬有五女，曰若莘、若昭、若倫、若憲、若荀，皆警慧，貞元中並召入宮，呼為學士、先生，若昭、若憲任尚宮。

②「倬彼昭回」出《詩經・大雅・雲漢》：「倬彼雲漢，昭回於天」。倬音捉，顯、大；昭，光；回，轉。倬彼昭回，指明河（銀河）浩大光耀。

③賣卜人，指西漢道者嚴遵，字君平，本事見《漢書・王貢兩龔鮑傳》、南朝梁宗懍《荊楚歲時記》。

# 王適

王適（？～？）字、生卒不詳，幽州人。工詩文，咸亨五年英材傑出科及第。武則天臨朝，敕吏部糊名考選人判，所求才俊，王適與劉憲、司馬鍠、梁載言相次入第二等，官至雍州司功參軍。初見陳子昂《感遇》詩，驚其必為天下文宗。北宋末葉廷珪《海錄碎事》卷八稱王適與司馬承禎、陳子昂、盧藏用、宋之問、畢構、李白、孟浩然、王維、賀知章為道家「仙宗（蹤）十友」，而八人並不同時，殆亦「飲中八仙」之類。王適著文集二十卷，今存詩五首。

## 江上梅

忽見寒梅樹，開花漢水濱。不知春色早，疑是弄珠人①。

①張衡《南都賦》有句：「遊女弄珠於漢皋之曲」。北宋王周《渡溪》頗有情思：「渡溪溪水急，水濺羅衣濕。日暮猶未歸，盈盈水邊立。」

# 賀知章

賀知章（659～744）字季真，會稽永興（浙江蕭山）人。證聖元年進士，應超拔群類科，初授四門博士，累遷太常博士、禮部侍郎、太子賓客，授祕書監。開元初，與張旭、包融、張若虛（一說劉沓虛）稱「吳中四士」。性平易曠達，清談風流，工書能詩，晚年尤加放誕，不復禮度，自號四明狂客、祕書外監。天寶二年，賀知章表請為道士，求還鄉里，唐玄宗詔賜鏡湖剡溪一曲，以給漁樵，唐玄宗率李林甫、李白等人餞送。

## 題袁氏別業①

主人不相識，偶坐為林泉。莫謾愁沽酒，囊中自有錢①。

①湖南長沙銅官窯器皿亦存此詩：「主人不相識，獨坐對林全。莫慢愁酤酒，懷中自有錢。」南宋岳珂《寶真齋法書贊》卷八錄唐人草書《青峰詩帖》，或為賀知章此詩全稿：「野人不相識，偶坐為林泉。莫漫愁沽酒，囊中自有錢。回瞻林下路，已在翠微間。時見雲林外，青峰一點圓。」

## 詠柳

碧玉妝成一樹高，萬條垂下綠絲絛。
不知細葉誰裁出？二月春風似剪刀。

## 回鄉偶書

### 其一

少小離家老大回，鄉音無改鬢毛衰[①]。
兒童相見不相識，笑問客從何處來？

### 其二

離別家鄉歲月多，近來人事半銷磨。
唯有門前鏡湖水，春風不改舊時波[②]。

①「離家」一作「離鄉」，「無改」一作「未改」或「難改」；衰音催。賀知章離鄉五十餘年，返鄉已八十五歲。此詩字白語淡，感慨深微。
②紹興鏡湖，又名長湖、慶湖，因賀知章故，亦名賀監湖，宋初改稱鑒湖，後以鑒湖水所釀黃酒馳名中外。

# 張若虛

張若虛（660？～720？）字、生平不詳，揚州（江蘇揚州）人。曾官兗州兵曹，文學與賀知章齊名，存詩僅《春江花月夜》、《代答閨夢還》二首。

## 春江花月夜①

春江潮水連海平，海上明月共潮生。
灩灩隨波千萬里，何處春江無月明。
江流宛轉繞芳甸，月照花林皆似霰。
空裏流霜不覺飛，汀上白沙看不見。
江天一色無纖塵，皎皎空中孤月輪。
江畔何人初見月，江月何年初照人？
人生代代無窮已，江月年年只相似。
不知江月待何人，但見長江送流水。
白雲一片去悠悠，青楓浦上不勝愁。
誰家今夜扁舟子，何處相思明月樓。
可憐樓上月徘徊，應照離人妝鏡臺。
玉戶簾中卷不去，擣衣砧上拂還來。

此時相望不相聞，願逐月華流照君。
鴻雁長飛光不度，魚龍潛躍水成文。
昨夜閒潭夢落花，可憐春半不還家。
江水流春去欲盡，江潭落月復西斜。
斜月沉沉藏海霧，碣石瀟湘無限路。
不知乘月幾人歸，落月搖情滿江樹。

①春江花月夜，本樂府舊題，屬《清商曲・吳聲歌》，琵琶古曲《夕陽簫鼓》後改編為管弦樂《春江花月夜》，流傳寰內。清末王闓運稱張若虛用《西洲》格調，孤篇橫絕，竟為大家，現代聞一多《宮體詩的自贖》亦譽其為詩中之詩。

# 陳子昂

陳子昂（661～702）字伯玉，梓州射洪（四川射洪）人。家豪富，歲饑，父陳元敬散粟萬石。陳子昂少與博徒遊，後立志攻讀，善屬文，文明元年進士，光宅元年上《大周受命頌》，武則天奇之，拜麟臺正字。因多次直言敢諫，得罪權貴，不能用，以父老辭官歸鄉，竟為武三思疑忌，陰令射洪縣令段簡殺之。唐初詩文承齊梁餘風，駢麗穠縟，陳子昂力矯時弊，標舉風雅比興、漢魏風骨，開啟盛唐標格，影響遠及李杜。《感遇》三十八首，或詠史或傷時或感事，多有諷喻，一掃齊梁舊格。韓愈《薦士》詩云：「國朝盛文章，子昂始高蹈。」友人盧藏用為編《陳子昂文集》。

## 度荊門望楚①

遙遙去巫峽，望望下章臺。巴國山川盡，荊門煙霧開。
城分蒼野外，樹斷白雲隈。今日狂歌客，誰知入楚來。

①荆門，位於湖北中部漢江之濱。其《白帝城懷古》（日落滄江晚）、《峴山懷古》（秣馬臨荒甸），詩意相似。

## 送魏大從軍

匈奴猶未滅，魏絳復從戎[①]。悵別三河道，言追六郡雄。
雁山橫代北，狐塞接雲中[②]。勿使燕然上，唯留漢將功。

①魏絳，春秋晉悼公時人，治軍嚴正，多有戰功，此代指魏大。②雲中，西漢雲中郡，今內蒙古托克托東北，漢文帝時魏尚為雲中太守，防禦匈奴，作戰有功，匈奴畏懼，後因過失而免職。馮唐以處置過當而直諫，文帝派馮唐持節，恢復魏尚官職。詩中用魏姓之典，雲中亦借指魏大從軍之地。

## 晚次樂鄉縣

故鄉杳無際，日暮且孤征。川原迷舊國，道路入邊城。
野戍荒煙斷，深山古木平。如何此時恨，噭噭夜猿鳴[①]。

①樂鄉為襄州屬縣。「如何此時恨」即「此時恨如何」；噭音叫，呼喊聲。此詩雖一、七句平仄不協，略帶齊梁之格，然仍可視為五律佳作。

## 送客

故人洞庭去，楊柳春風生。相送河洲晚，蒼茫別思盈。
白蘋已堪把，綠芷復含榮。江南多桂樹，歸客贈生平[①]。

①王夫之稱與南朝柳惲、吳均五言古詩相為出入。柳惲《江南曲》：「汀洲採白蘋，日暖江南春。洞庭有歸客，瀟湘逢故人。故人何不返？春花復應晚。不道新知樂，只言行路難。」吳均《酬周參軍》：「日暮憂人起，倚戶悵無歡。水傳洞庭遠，風送雁門寒。江南霜雪重，相如衣服單。沉雲隱喬樹，細雨滅層巒。且當對尊酒，朱弦永夜彈。」

## 登幽州臺歌[①]

前不見古人，後不見來者。
念天地之悠悠，獨愴然而涕下[②]。

①此詩出盧藏用《陳子昂別傳》。幽州臺，即燕臺、黃金臺，戰國時燕昭王所建，故址在今北京大興。

②《論語・子罕》載，孔子臨川而歎：「逝者如斯夫，不舍晝夜。」屈原《遠遊》：「唯天地之無窮兮，哀人生之長勤。往者余弗及兮，來者吾不聞。」

## 感遇[①]

### 其三

蒼蒼丁零塞，今古緬荒途。亭堠何摧兀，暴骨無全軀。
黃沙幕南起，白日隱西隅。漢甲三十萬，曾以事匈奴。
但見沙場死，誰憐塞上孤[②]！

## 其三十四

朔風吹海樹，蕭條邊已秋。亭上誰家子，哀哀明月樓。
自言幽燕客，結髮事遠遊。赤丸殺公吏，白刃報私仇。
避仇至海上，被役此邊州。故鄉三千里，遼水復悠悠。
每憤胡兵入，常為漢國羞。何知七十戰，白首未封侯。

①原作三十八首，選二首。陳子昂《感遇》遠紹阮籍《詠懷》，近啟張九齡《感遇》、李白《古風》，風格樸健，直指現實。傳京兆司功王適見而驚曰：此子必為天下文宗！

②武則天垂拱二年（686），金微州（今蒙古圖拉河一帶）都督僕固部叛亂，南下擄掠，陳子昂參加劉敬同北征軍；萬歲登封元年，曹仁師等二十八將攻契丹，全軍覆沒，此詩或為此而發。

# 上官婉兒

上官婉兒（664～710），上官儀孫女，江都人。武則天掌政，上官婉兒祖、父被誅，隨母鄭氏配入掖庭，一說鄭氏遺腹。上官婉兒因天性韶警，善文章，免其奴婢身分。據西安出土《大唐故昭容上官氏銘》，上官婉兒年十三為高宗才人，掌宮中文誥，後忤旨被黥。神龍元年，唐中宗李顯即位，冊為昭容，建議增置修文館學士，四次諫阻安樂公主為皇太女，降為婕妤。每遊宴，常代帝后公主作詩，評定群臣之作，君臣唱和，詩風大盛。景龍四年六月，中宗暴逝，韋后擁立中宗四子李重茂，臨淄王李隆基聯合太平公主發動政變，誅韋后及諸韋，安樂公主、上官婉兒亦被殺。

## 彩書怨

葉下洞庭初，思君萬里餘。露濃香被冷，月落錦屏虛。
欲奏江南曲，貪封薊北書。書中無別意，唯悵久離居。

# 張說

張說（667～731）字說之，一字道濟，籍貫范陽方城，其先徙河南洛陽。永昌元年、天授元年應制及第，授太子校書，遷左補闕。歷仕武則天、中宗、睿宗、玄宗四朝，睿宗、玄宗朝三度為相，封燕國公，謚文貞。張說以文章顯，掌文學之任凡三十年，與許國公蘇頲並稱「燕許大手筆」。明代陸深《玉堂漫筆》記，世傳《七賢過關圖》，繪開元雪後張說、張九齡、李白、李華、王維、鄭虔、孟浩然出藍田關，穿松林，遊龍門寺。七人雖非同時，但睇眄相語，得意忘象，固有其理。有《張燕公集》。

## 蜀道後期

客心爭日月，來往預期程。秋風不相待，先至洛陽城。

## 還至端州驛前與高六別處[①]

舊館分江口，淒然望落暉。相逢傳旅食，臨別換征衣。
昔記山川是，今傷人代非[②]。往來皆此路，生死不同歸。

①端州，今廣東高要。高六即高戩，張說力辯魏元忠、高戩之誣，與魏、高等人同遭貶逐。神龍元年，張說返京，還至端州，高戩已去世。

②人代，人世，避唐太宗李世民諱。其《幽州新歲作》之「城郭為墟人代改，但見西園明月在」亦如此。

## 和尹從事懋泛洞庭

平湖一望上連天，林景千尋下洞泉。
忽驚水上光華滿，疑是乘舟到日邊。

## 鄴都引

君不見，魏武草創爭天祿，群雄睚眥相馳逐。
晝攜壯士破堅陣，夜接詞人賦華屋。
都邑繚繞西山陽，桑榆汗漫漳河曲。
城郭為墟人代改，但見西園明月在。
鄴旁高塚多貴臣，蛾眉曼睩共灰塵①。
試上銅臺歌舞處，唯有秋風愁殺人。

①鄴都，三國魏國都城，故址在今河北臨漳西。2008 年12月，河南省文物考古研究所對河南安陽西高穴墓葬進行搶救性發掘，2009年12月認定二號墓葬為曹操墓，但質疑聲不斷。睩音路，曼睩指目光明亮，明眸善睞。

# 蘇頲

蘇頲（670～727）字廷碩，京兆武功（陝西武功）人。幼敏悟，一覽至千言，輒覆誦。調露二年弱冠舉進士，與張說同以文章顯，襲其父蘇瓌許國公之封，號小許公。唐玄宗愛其文，進紫微侍郎，知政事，與李乂對掌書命，諡文憲。有《蘇廷碩集》。

## 汾上驚秋

北風吹白雲，萬里渡河汾。心緒逢搖落，秋聲不可聞。

## 春晚紫微省直寄內①

直省清華接建章，向來無事日猶長。
花間燕子棲鳷鵲，竹下鵷雛繞鳳皇②。
內史通宵承紫誥，中人落晚愛紅妝。
別離不慣無窮憶，莫誤卿卿學太常。

①豔詩而能雅。紫微省，漢代中央政府有中書令，三國魏始設中書省，隋改名內史省、內書省，唐初曾改稱西臺、鳳閣，開元元年取天文紫微垣之義，改稱紫微省，開元五年又復中書省舊稱。省中種紫薇花，故亦稱紫薇省。
②建章，漢武帝時宮殿名，在上林苑。鳷鵲、鳳凰，既為鳥名，又為漢代宮殿名。鵷音冤，鵷雛亦寫鵷鶵，鳳凰（皇）一類瑞鳥。

# 張敬忠

張敬忠（？～？）字不詳，京兆長安人。神龍三年（707）張仁亶任朔方軍總管，奏判軍事。開元七年（719）拜平盧節度使，後歷任河西節度使、益州大都督府長史、劍南節度使、河南尹、太常卿等職。今存詩二首。

## 邊詞

五原春色舊來遲，二月垂楊未掛絲。
即今河畔冰開日，正是長安花落時①。

①五原僻北，春來遲遲，而造語質樸，寄意平和，直是初唐安恬明朗風格。中唐楊巨源《和大夫邊春呈長安親故》，則筆力健舉：「嚴城吹笛思寒梅，二月冰河一半開。紫陌詩情依舊在，黑山弓力畏春來。遊人曲岸看花發，走馬平沙獵雪回。旌旆朝天不知晚，將星高處近三臺。」

# 李邕

李邕（675～747）字太和，一作泰和，鄂州江夏（湖北咸寧）人，其父李善清正博雅，注《昭明文選》，世稱「書簏」。李邕工文善書，長於碑頌，多養賓客，傳世有《麓山寺碑》、《李思訓碑》等。曾任武則天朝左拾遺，抗音讜言，出為南和令。開元時任陳、擴、淄、滑四州刺史，天寶時任汲郡、北海太守，人稱「李北海」。天寶五年於北海太守任上，遭李林甫構陷，次年杖死獄中，代宗追贈祕書監。

## 度巴硤①

客從巴硤度，傳子訴行舟。是日風波濟，高塘雨半收。
青山滿蜀道，淥水向荊州。不作書相慰，何能散別愁？

①硤，古通「峽」，巴硤即巴峽。此詩輯自敦煌石室伯三六一九卷。

# 崔液

崔液（675？～720？）乳名海子，字潤甫，崔湜之弟，定州安喜（河北定縣）人。景龍二年狀元及第，歷官監察御史、殿中侍御史、吏部員外郎，封安平縣男。先天二年，崔湜因諂侍武、韋，流嶺外，中途賜死，崔液懼而藏匿，後遇大赦，返京途中病亡。擅五言，其友人裴耀卿編《崔液集》十卷，今存《幽徵賦》、詩十二首。

## 上元夜

玉漏銀壺且莫催，鐵關金鎖徹明開。
誰家見月能閒坐，何處聞燈不看來？

# 盛唐

# 張旭

張旭（675？～750？）字伯高，吳郡人。曾為常熟尉、金吾長史，世稱「張長史」。善書法，傳世書跡有《肚痛帖》、《古詩四帖》、《郎官石柱記》等，唐文宗譽其草書與李白歌詩、裴旻劍舞為盛唐三絕。李頎《贈張旭》云：「興來灑素壁，揮筆如流星。」高適《醉後贈張九旭》云：「興來書自聖，醉後語尤顛。」懷素草書繼承張旭而狂放過之，時稱「顛張醉素」。

## 桃花溪

隱隱飛橋隔野煙，石磯西畔問漁船：
桃花盡日隨流水，洞在青溪何處邊①？

①清代蘅塘退士（孫洙）《唐詩三百首》批註：四句抵得一篇陶淵明《桃花源記》。張旭此詩首見南宋洪邁《萬首唐人絕句》，題為「桃花磯」，然北宋蔡襄《蔡忠惠集》亦存《桃花溪》、《山中留客》詩，題為「度南澗」、「入天竺山留客」，今莫礪鋒以為，當為洪邁誤收。

# 張九齡

張九齡（678～740）一名博物，字子壽，韶州曲江（廣東曲江）人。七歲能文，長安二年沈佺期知貢舉，進士及第，因謗議上聞而歸鄉。神龍三年登材堪經邦科乙第，初任祕書省校書郎，開元二十二年與李林甫、裴耀卿同為相。張九齡直言敢諫，獎撥後進，與姚崇、宋璟同為唐玄宗時三賢相。因屢忤上意，又為李林甫所忮，三年後罷相，貶荊州長史，謚文獻。張九齡風儀優雅，時人譽為「曲江風度」。而後宰執每薦引公卿，唐玄宗必問：「風度得如九齡否？」胡震亨《唐音癸籤》卷九稱，唐初承襲梁隋，陳子昂獨開古雅之源，張九齡首創清淡之派，文學上與張說並稱「二張」。有《曲江集》。

## 賦得自君之出矣①

自君之出矣，不復理殘機。思君如滿月，夜夜減清輝。

①「自君之出矣」句式，源於建安七子徐乾《室思》詩，末四句為：「自君之出矣，明鏡暗不治。思君如流水，何有窮已時。」「自君之出矣」後成為樂府雜曲歌辭名，後人多有同題擬作。如南北朝顏師伯：「自君之出矣，芳帷低不舉。思君如回雪，流亂無端緒。」唐代李康成：「自君之出矣，弦吹絕無聲。思君如百草，撩亂逐春生。」

## 望月懷遠

海上生明月，天涯共此時。情人怨遙夜，竟夕起相思。
滅燭憐光滿，披衣覺露滋。不堪盈手贈，還寢夢佳期。

## 旅宿淮陽亭口號①

日暮荒亭上，悠悠旅思多。故鄉臨桂水，今夜渺星河。
暗草霜華髮，空亭雁影過。興來誰與晤，勞者自為歌②。

①一作宋之問詩。按北宋歐陽忞《輿地廣記》，曲江有桂水，且《舊唐書》載開元中遣張九齡充河南開稻田使，於許、豫、陳、亳等州置水屯，此詩當為張九齡詩。

②杜甫《樂遊原歌》結句：「此身飲罷無歸處，獨立蒼茫自詠詩！」張九齡《西江夜行》，寫鄉思亦一往情深：「遙夜人何在，澄潭月裏行。悠悠天宇曠，切切故鄉情。外物寂無擾，中流澹自清。念歸林葉換，愁坐露華生。猶有汀洲鶴，宵分乍一鳴。」

## 湖口望廬山瀑布水①

萬丈洪泉落，迢迢半紫氛。奔飛下雜樹，灑散出重雲。
日照虹霓似，天清風雨聞。靈山多秀色，空水共氤氳。

①其《彭蠡湖上》、《入廬山仰視瀑布水》等詩，刻畫山水、瀑布亦極精微。前首有句：「一水雲際飛，數峰湖心出」。

## 秋夕

清迥江城月，流光萬里同。所思如夢裏，相望在庭中。
皎潔青苔露，蕭條黃葉風。含情不得語，頻使桂華空。

## 詠燕

海燕何微眇，乘春亦暫來。豈知泥滓賤，只見玉堂開。
繡戶時雙入，華軒日幾回。無心與物競，鷹隼莫相猜[①]。

①中唐鄭處誨《明皇雜錄》載，張九齡在相位，無不極言得失，不叶帝旨，李林甫遂屢陳張九齡頗懷誹謗。於時方秋，唐玄宗命高力士持白羽扇以賜，將寄意焉。張九齡惶恐，因作《白羽扇賦》以獻，又為《燕》詩以貽林甫。林甫覽之，知其必退，恚怒稍解。

## 感遇[①]

### 其一

蘭葉春葳蕤[②]，桂華秋皎潔。欣欣此生意，自爾為佳節。
誰知林棲者，聞風坐相悅。草木有本心，何求美人折！

## 其四

孤鴻海上來，池潢不敢顧。側見雙翠鳥，巢在三珠樹。
矯矯珍木巔，得無金丸懼？美服患人指，高明逼神惡。
今我遊冥冥，弋者何所慕[3]。

①短歌可詠，長夜無荒。原作十二首，選二首。張九齡壯志滿懷，憂生傷世，卻中傷遠謫，投閒置散，其《感遇》近於阮籍《詠懷》。

②葳蕤音威銳，草木茂盛。

③冥冥、弋者，出揚雄《法言・問明》：「鴻飛冥冥，弋人何簒焉？」鴻飛遠空，射者何取？此處張九齡改「簒」為「慕」。

# 李隆基

李隆基（685～762）即唐玄宗、唐明皇，中宗李顯之弟睿宗李旦第三子，始封楚王，後為臨淄王。景龍四年中宗暴逝，李隆基聯合太平公主發動政變，相王李旦重又登基，李隆基立為太子。景雲三年睿宗傳位太子，改元先天。先天二年，誅太平公主，改元開元。玄宗即位後，任用姚崇、宋璟、張說、張九齡等人，勵精政事，海內殷盛，史稱「開元盛世」。玄宗精通音律，歡娛歌舞，李林甫、楊國忠當政，漸至政事荒殆，宮闈淫逸。天寶十四年十一月，安史之亂爆發，唐帝國由盛轉衰。天寶十五年六月，玄宗倉皇逃奔成都，太子李亨於靈武即帝位，遙尊玄宗為太上皇，改元至德，上元三年去世。

## 早度蒲津關[①]

鐘鼓嚴更曙，山河野望通。鳴鑾下蒲阪，飛旆入秦中。
地險關逾壯，天平鎮尚雄。春來津樹合，月落戍樓空。
馬色分朝景，雞聲逐曉風。所希常道泰，非復候繻同[②]。

①蒲津關，位於今山西永濟，扼黃河東岸蒲津（蒲阪）渡，西岸為臨晉關、夏陽津。

②候即候人，周代整治道路、迎送賓客小官。繻音如，古代出入關卡之帛制憑證。

# 張萬頃

張萬頃（686～762）字混，據新出《唐故朝散大夫使持節穎州諸軍事守穎州刺史張府君墓誌並序》，世居吳郡，年廿一明經擢第，授越州鄮縣尉，轉襄州襄陽尉，徵為集賢院學士，拜鄧州內鄉令，改宣州溧陽令、義王府掾，轉太府丞朝散大夫、太子洗馬，泗、潁二州刺史，染病而歿於越州客舍，寶應元年葬於吳郡。安祿山任張萬頃為河南尹，令捕殺皇支，張萬頃多所脫免，後以在賊中能保庇宗室、百姓而不坐，復舊官。存詩三首。

## 東溪待蘇戶曹不至

洛陽城東伊水西，千花萬竹使人迷。
臺上柳枝臨岸低，門前荷葉與橋齊。
日暮待君君不見，長風吹雨過青溪。

# 王翰

王翰（687～735？）字子羽，並州晉陽（山西太原）人。景雲元年或二年進士，後為魏州昌樂尉、祕書正字、駕部員外郎。王翰豪蕩縱酒，神氣軒舉，喜蒱酒，櫪多名馬，家蓄妓樂，頤指儕類，人多嫉之。元代辛文房《唐才子傳》稱，祖詠、杜華等人嘗與遊，杜華母崔氏云：「吾聞孟母三遷，吾今欲卜居，使汝與王翰為鄰，足矣。」開元中貶道州司馬，卒於途，今存詩一卷。

## 涼州詞[①]

蒲桃美酒夜光杯，欲飲琵琶馬上催。

醉臥沙場君莫笑，古來征戰幾人回[②]？

①涼州，唐代屬於隴右道，治所姑臧（今甘肅武威）。涼州詞，唐代樂府曲名，一作「涼州歌」。

②蒲桃，葡萄。沉痛之情，以豪邁、幽默語道之。柳宗元《對賀者》：「嘻笑之怒，甚乎裂眥；長歌之哀，過乎慟哭。」清代施補華《峴傭說詩》云：「作悲傷語讀便淺，作諧謔語讀便妙。」

# 王之渙

王之渙（688～742）字季淩，郡望太原，遷居絳郡（山西新絳）。據《唐故文安郡文安縣太原王府君（之渙）墓誌銘並序》，王之渙祖德表、父昱，之渙與族弟之咸、之賁皆有文名。王之渙初為冀州衡水主簿，因誣人交構，遂拂衣去官，優遊青山，居家十五年。後補文安尉，在職以清白著，理人以公平稱，遘疾終於官舍，葬於洛陽。王之渙名動一時，惜存詩僅六首。

## 登鸛雀樓①

白日依山盡，黃河入海流。欲窮千里目，更上一層樓。

①鸛雀樓一作鸛鵲樓，位於蒲州（山西永濟）黃河之濱。此詩初見芮挺章《國秀集》，作者朱斌，題為「登樓」；而《文苑英華》卷三一二，及宋人多以作者為王之渙。

## 送別

楊柳東風樹，青青夾御河。近來攀折苦，應為別離多。

# 涼州詞[1]

黃河遠上白雲間，一片孤城萬仞山[2]。
羌笛何須怨楊柳，春風不度玉門關。

①原作二首，選其一。中唐薛用弱《集異記》載，開元中詩人王之渙、王昌齡、高適旗亭唱詩畫壁佳話，雖為傳奇，但離事實不遠。據沈德潛《唐詩別裁集》，李攀龍推王昌齡「秦時明月」為唐詩壓卷，王世貞推王翰「葡萄美酒」為壓卷。清初王士禛《唐人萬首絕句選・凡例》則曰：必求壓卷，王維之「渭城」、李白之「白帝」、王昌齡之「奉帚平明」、王之渙之「黃河遠上」，其庶幾乎！

②此詩初見於芮挺章《國秀集》，一、二句次序倒為「一片孤城萬仞山，黃河直上白雲間」，而薛用弱《集異記》首句作「黃沙遠上白雲間」，宋代選本多作「黃沙直上白雲間」。

# 暢諸

暢諸（？～？）字不詳，汝州（河南汝州）人。開元初進士，開元九年（721）舉拔萃科，曾官許昌尉，今存詩二首。

## 登鸛雀樓①

城樓多峻極，列酌恣登攀。迴林飛鳥上，高榭代人間②。
天勢圍平野，河流入斷山。今年菊花事，並是送君還。

①此詩《全唐詩》僅錄四句：「迴臨飛鳥上，高出世塵間。天勢圍平野，河流入斷山。」且作者為暢當，誤。今王重民據敦煌石室殘卷補足，殘卷原題「觀雀樓」，應為「登鸛雀樓」。

②「列酌」不可解，疑為「列岫」；「迴林」二句，宋人所見為「迴臨飛鳥上，高謝世人間」，《全唐詩》後句為「高出世塵間」，宋人所見詩意較勝。

# 孟浩然

孟浩然（689～740）字浩然，襄州襄陽（湖北襄陽）人。讀書於城東鹿門山，少好節義，喜振人患難。開元間壯年遊長安，其聯句「微雲淡河漢，疏雨滴梧桐」為眾欽服。應進士不第，漫遊吳越桂蜀，還歸故園。王昌齡遊襄陽，相見甚歡，時浩然新病起，宴謔食鮮，疾動而逝。孟浩然工於五言，多寫山水，洗削凡近，氣象清遠，沖淡中有壯逸之氣，然有時造意極苦，雕飾過重，與王維並稱王孟。有《孟襄陽集》。

## 春曉

春眠不覺曉，處處聞啼鳥。夜來風雨聲，花落知多少？

## 宿建德江

移舟泊煙渚，日暮客愁新。野曠天低樹，江清月近人①。

①南朝謝靈運《初去郡》有句：「野曠沙岸淨，天高秋月明。」詩人洛夫（莫運端）《唐詩解構》今譯孟詩：「與月最近？還是與水最近？我把船泊在荒煙裏，與水近就是與月近，與月近就是與人近，而更近的是遠處的簫聲。我在船頭看月，月在水中看我，江上有人抱著一個愁字入睡。」

## 宿桐廬江寄廣陵舊遊

山暝聽猿愁，滄江急夜流。風鳴兩岸葉，月照一孤舟。
建德非吾土，維揚憶舊遊。還將兩行淚，遙寄海西頭。

## 望洞庭湖上張丞相[1]

八月湖水平，涵虛混太清。氣蒸雲夢澤，波撼岳陽城[2]。
欲濟無舟楫，端居恥聖明。坐觀垂釣者，徒有羨魚情。

①詩題據北宋李昉等《文苑英華》卷二五十，又作「臨洞庭」、「岳陽樓」等。前四句氣概橫絕，後四句委婉干謁，然終是氣格卑弱，前後不稱。張丞相為張說。

②雲夢，古藪澤名，後指洞庭湖、楚地。此詩與杜甫《登岳陽樓》書於岳陽樓左、右壁，後人不敢復題。

## 舟中曉望

掛席東南望，青山水國遙。舳艫爭利涉，來往接風潮。
問我今何適？天臺訪石橋。坐看霞色曉，疑是赤城標[1]。

①八句皆無屬對，而平仄、音節無一字不律，依然律詩，此初盛唐五律發展中特殊體制，孟浩然、王維、李白、杜甫等人皆有之，如李白《夜泊牛渚懷古》，中唐後漸漸絕跡。

## 與諸子登峴山

人事有代謝，往來成古今。江山留勝跡，我輩復登臨。
水落魚梁淺，天寒夢澤深。羊公碑尚在，讀罷淚沾襟①。

①羊公，指西晉羊祜，曾為襄陽太守，有德政，死後百姓於城南峴山刻碑立廟，按時祭祀，杜預稱此碑為「墮淚碑」。

## 過故人莊

故人具雞黍，邀我至田家。綠樹村邊合，青山郭外斜。
開軒面場圃，把酒話桑麻。待到重陽日，還來就菊花①。

①此詩初看語淺意淡，樸實無華，實乃鑄詞用典，深思熟慮。首聯化用《論語・微子》，孔子弟子遇隱者荷蓧丈人，「止子路宿，殺雞為黍而食之」。頸聯「開軒」一作「開筵」，「軒」字義勝。尾聯「就菊花」，賞菊花、飲菊花酒。亦可聯想南朝蕭統《陶淵明傳》故事：重陽節，淵明出宅邊菊叢中坐，久之，滿手把菊，忽見江州刺史王弘送酒來，即便酌酒，醉而歸。

## 春中喜王九相尋

二月湖水清，家家春鳥鳴。林花掃更落，徑草踏還生。
酒伴來相命，開尊共解醒。當杯已入手，歌妓莫停聲。

## 歲暮歸南山

北闕休上書，南山歸敝廬。不才明主棄，多病故人疏[①]。
白髮催年老，青陽逼歲除。永懷愁不寐，松月夜窗虛。

①千古得意之句，然一生失意之詩。據計有功《唐詩紀事》，王維薦孟浩然於唐玄宗，孟浩然誦詩，至《歲暮歸南山》之「不才明主棄」，玄宗不悅：「卿不求朕，豈朕棄卿？」因被放還。辛文房《唐才子傳》稱張說薦之，當是。

## 早寒江上有懷

木落雁南度，北風江上寒[①]。我家襄水曲，遙隔楚雲端。
鄉淚客中盡，孤帆天際看。迷津欲有問，平海夕漫漫。

①南朝宋鮑照《登黃鶴磯》前兩句：「木落江渡寒，雁還風送秋」。

## 遊精思觀回王白雲在後

出谷未亭午，到家日已曛。回瞻山下路[①]，但見牛羊群。
樵子暗相失，草蟲寒不聞。衡門猶未掩，佇立望夫君[②]。

①「山下」一作「下山」。
②衡門，橫木為門，指簡陋屋舍，亦指隱士居處。語出《詩經．陳風．衡門》：衡門之下，可以棲遲。王迥即王九，號白雲先生，襄陽人，孟浩然好友，孟浩然有《登江中孤嶼，贈白雲先生王迥》等詩。

## 與顏錢塘登障樓望潮作

百里聞雷震，鳴弦暫輟彈。府中連騎出，江上待潮觀。
照日秋雲迴，浮天渤澥寬。驚濤來似雪，一坐凜生寒。

## 春怨[①]

閨人能畫眉，妝罷出簾帷。照水空自愛，折花將遺誰？
春情多豔逸，春意倍相思。愁心極楊柳，一種亂如絲。

①詩題一作「春意」。其《閨情》、《春情》亦閒情旖旎，刻畫入微。

## 宿永嘉江寄山陰崔國輔少府

我行窮水國，君使入京華。相去日千里，孤帆天一涯。
臥聞海潮至，起視江月斜。借問同舟客，何時到永嘉[①]？

①其《夜渡湘水》亦問：「客行貪利涉，夜裏渡湘川。露氣聞芳杜，歌聲識採蓮。榜人投岸火，漁子宿潭煙。行侶時相問，涔陽何處邊？」

## 晚泊潯陽望廬山

掛席幾千里，名山都未逢。泊舟潯陽郭，始見香爐峰。
嘗讀遠公傳，永懷塵外蹤。東林精舍近，日暮空聞鐘。

## 宿業師山房待丁大不至①

夕陽度西嶺，群壑倏已暝。松月生夜涼，風泉滿清聽。
樵人歸欲盡，煙鳥棲初定。之子期宿來，孤琴候蘿徑。

①現代奧地利作曲家古斯塔夫・馬勒，嘗讀德國作家漢斯・貝特格轉譯唐詩《中國之笛》，悲不自勝，選李白《悲歌行》、錢起《效古秋夜長》、李白（題為「青春」，原作不詳）、李白《採蓮曲》、李白《春日醉起言志》、孟浩然《宿業師山房待丁大不至》、王維《送別》詩，1908年創作交響曲《大地之歌》。

## 秋登蘭山寄張五①

北山白雲裏，隱者自怡悅。相望試登高，心隨雁飛滅②。
愁因薄暮起，興是清秋發。時見歸村人，沙行渡頭歇。
天邊樹若薺，江畔洲如月③。何當載酒來，共醉重陽節。

①蘭山，當為「萬山」之誤。張五當指張諲，非張八張子容；或作「秋登萬山寄張文儃」。
②「心隨雁飛滅」一作「心逐飛鳥滅」或「心飛逐鳥滅」。
③其《登望楚山最高頂》有句：「雲夢掌中小，武陵花處迷。」

## 夏日南亭懷辛大

山光忽西落，池月漸東上。散髮乘夕涼[1]，開軒臥閒敞。
荷風送香氣，竹露滴清響。欲取鳴琴彈，恨無知音賞。
感此懷故人，中宵勞夢想。

①散髮，披散頭髮，喻避世隱居，如王維《偶然作》之「散髮不冠帶，行歌南陌上」，李白《陪侍御叔華登樓歌》之「明朝散髮弄扁舟」。

## 送杜十四之江南

荊吳相接水為鄉，君去春江正淼茫。
日暮征帆泊何處？天涯一望斷人腸[1]。

①詩題一作《送杜晃進士之東吳》。劉長卿《寄別朱拾遺》詞淡如水，情味彌長：「天書遠召滄浪客，幾度臨歧病未能。江海茫茫春欲遍，行人一騎發金陵。」清代姚鼐《送友人往鄴》亦情深意雋，誠摯動人：「九月燕郊草尚青，送君且為住郵亭。明朝月落漳河曉，無限飛鴻不可聽。」

## 夜歸鹿門山歌

山寺鐘鳴晝已昏，漁梁渡頭爭渡喧。
人隨沙岸向江村，余亦乘舟歸鹿門。
鹿門月照開煙樹，忽到龐公棲隱處。
巖扉松徑長寂寥，唯有幽人夜來去。

# 張子容

張子容（？～？）字不詳，行八，襄州襄陽人。早年與孟浩然同隱於鹿門山，先天元年常元名（字無名）榜進士。曾任樂成尉、晉陵尉，後棄官歸隱故里。明代張恒編纂、天順三年印《襄陽郡志》載：「張悌，襄陽人，與孟浩然同隱鹿門山」，張悌或為張子容。

## 泛永嘉江日暮回舟①

無雲天欲暮，輕鷁大江清。歸路煙中遠，回舟月上行。
傍潭窺竹暗，出嶼見沙明。更值微風起，乘流絲管聲。

①永嘉江，今浙江省甌江；永嘉，溫州治所，唐代溫州轄樂城（今樂清）。張子容《貶樂成尉日作》：「竄謫邊窮海，川原近惡溪。有時聞虎嘯，無夜不猿啼。地暖花長發，巖高日易低。故鄉可憶處，遙指斗牛西。」

# 王灣

王灣（690？～？）字不詳，洛陽人。文名早著，先天元年或二年進士。開元三年授滎陽主簿，五年至九年入洛陽祕閣、長安麗正院校書，仕終洛陽尉，似卒於開元末。

## 次北固山下①

客路青山外，行舟綠水前。潮平兩岸闊，風正一帆懸。
海日生殘夜，江春入舊年②。鄉書何處達，歸雁洛陽邊。

①此題據芮挺章《國秀集》，北固山在江蘇鎮江，北瞰長江。殷璠《河嶽英靈集》題作《江南意》，文字多有不同：「南國多新意，東行伺早天。潮平兩岸失，風正一帆懸。海日生殘夜，江春入舊年。從來觀氣象，唯向此中偏。」比較而言，《河嶽英靈集》首聯語意淺率，尾聯尤乏意致；《國秀集》首聯語極雋秀，尾聯「邊」字趁韻，卻也合題，當為定本。
②殷璠《河嶽英靈集》載，張燕公說手題「海日生殘夜，江春入舊年」於政事堂，每示能文，令為楷式。

# 李頎

李頎（690？～？）字不詳，籍貫趙郡，早年居於河南潁陽東川（河南登封）。開元二十三年進士，與王昌齡、王維、高適、綦毋潛、岑參、李湍等人交遊。天寶初曾任汲郡新鄉尉，以久不陞調，歸隱東川，學佛求仙。新出《唐故廣陵郡六合縣丞趙公墓誌銘並序》載，「前汲郡新鄉縣尉趙郡李頎」天寶十年撰，李頎應卒於此後。李頎工於七言，尤擅長歌詠戰爭和描寫音樂，其詩明清風行一時。有《李頎詩集》。

## 陳十六東亭①

餘春伴蝴蝶，把酒聽黃鸝。最是淹留處，殘花三兩枝。

①其《西亭即事》：「桃李皆開盡，芳菲漸覺闌。鳥聲愁暮雨，花色寂春寒。倚石攀藤蔓，窺林數竹竿。葛巾常半著，何處似當閒？」

## 望秦川

秦川朝望迥，日出正東峰。遠近山河淨，逶迤城闕重。
秋聲萬戶竹，寒色五陵松。客有歸歟歎，淒其霜露濃。

## 塞下曲

黃雲雁門郡，日暮風沙裏。千騎黑貂裘，皆稱羽林子。
金笳吹朔雪，鐵馬嘶雲水。帳下飲蒲萄，平生寸心是。

## 題盧五舊居①

物在人亡無見期，閒庭系馬不勝悲。
窗前綠竹生空地，門外青山似舊時。
悵望秋天鳴墜葉，巑岏枯柳宿寒鴟②。
憶君淚落東流水，歲歲花開知為誰？

①此詩明代王世貞、鐘惺等人甚加稱美，胡應麟、屈復等人指為平庸，同一詩作，而品評之異往往有如是。高棅《唐詩品彙》、李攀龍《唐詩選》、沈德潛《唐詩別裁集》選入李頎所存全部七律七首，而王夫之《唐詩選評》則一首不選。
②巑岏音攢完，山直立排列狀。

## 送魏萬之京①

朝聞遊子唱離歌，昨夜微霜初渡河②。
鴻雁不堪愁裏聽，雲山況是客中過。
關城樹色催寒近，御苑砧聲向晚多。
莫見長安行樂處，空令歲月易蹉跎。

①魏萬，後改名魏炎、魏顥，山東博平人，乾元三年進士，曾隱居王屋山，自號王屋山人。天寶十三年因傾慕李白，尋訪三千里，終在廣陵相遇，後撰《李翰林集序》，李頎此篇當作於晚年。
②「離歌」一作「驪歌」，古歌《驪駒》，告別之歌。昨夜微霜，今朝離歌，寧不傷感？此詩朝、夜、晚三字重用，白璧之瑕。

## 聽董大彈胡笳聲兼語弄寄房給事①

蔡女昔造胡笳聲，一彈一十有八拍②。
胡人落淚沾邊草，漢使斷腸對歸客。
古戍蒼蒼烽火寒，大荒沉沉飛雪白。
先拂商弦後角羽，四郊秋葉驚摵摵③。
董夫子，通神明，深山竊聽來妖精。
言遲更速皆應手，將往復旋如有情。
空山百鳥散還合，萬里浮雲陰且晴。
嘶酸雛雁失群夜，斷絕胡兒戀母聲。
川為靜其波，鳥亦罷其鳴。
烏珠部落家鄉遠，邏娑沙塵哀怨生④。
幽音變調忽飄灑，長風吹林雨墮瓦。
迸泉颯颯飛木末，野鹿呦呦走堂下。
長安城連東掖垣，鳳皇池對青瑣門。
高才脫略名與利，日夕望君抱琴至。

①詩題據姚鉉《唐文粹》、計有功《唐詩紀事》，而殷璠《河嶽英靈集》簡為「聽彈胡笳聲」，明代以來又多歧文。今程千帆以為「聽董大彈胡笳，聲兼語弄，寄房給事」，而施蟄存以為「聽董大彈胡笳聲，兼寄語房給事」。董大，董庭蘭，唐玄宗時琴師，善奏七弦琴、篳篥；胡笳聲，即胡笳弄，後翻為琴曲，大曆間劉商曾作琴曲歌辭《胡笳十八拍》。

②蔡女，東漢末蔡邕之女蔡琰（文姬）。
③摵音瑟，落葉聲。④烏珠，西域國名，西漢江都王劉建女細君曾遠嫁烏珠國王昆莫；「烏珠」一誤作「烏孫」；邏娑，吐蕃都城，今西藏拉薩，唐文成公主、金城公主曾嫁吐蕃。

## 古從軍行

白日登山望烽火，黃昏飲馬傍交河。
行人刁斗風沙暗，公主琵琶幽怨多。
野營萬里無城郭，雨雪紛紛連大漠。
胡雁哀鳴夜夜飛，胡兒眼淚雙雙落。
聞道玉門猶被遮，應將性命逐輕車①。
年年戰骨埋荒外，空見蒲桃入漢家。

①輕車，西漢李廣從弟李蔡，武帝時為輕車將軍，此泛指邊將。

## 琴歌

主人有酒歡今夕，請奏鳴琴廣陵客。
月照城頭烏半飛，霜淒萬樹風入衣。
銅爐華燭燭增輝，初彈淥水後楚妃。
一聲已動物皆靜，四座無言星欲稀。
清淮奉使千餘里，敢告雲山從此始。

# 別梁鍠

梁生倜儻心不羈，途窮氣蓋長安兒。
回頭轉眄似雕鶚，有志飛鳴人豈知。
雖云四十無祿位，曾與大軍掌書記。
抗辭請刃誅部曲，作色論兵犯二帥。
一言不合龍頟侯，擊劍拂衣從此棄①。
朝朝飲酒黃公壚，脫帽露頂爭叫呼。
庭中犢鼻昔嘗掛，懷裏琅玕今在無。
時人見子多落魄，共笑狂歌非遠圖。
忽然遣躍紫騮馬，還是昂藏一丈夫。
洛陽城頭曉霜白，層冰峨峨滿川澤。
但聞行路吟新詩，不歎舉家無擔石。
莫言貧賤長可欺，覆簣成山當有時②。
莫言富歸長可托，木槿朝看暮還落。
不見古時塞上翁，倚伏由來任天作。
去去滄波勿復陳，五湖三江愁殺人。

①龍頟（雒、額）侯，侯名，泛指寵倖之臣。兒、知、記、帥、棄，古代同韻。

②簣，筐，覆簣即倒一筐土，積小成大。

# 王昌齡

王昌齡（690？～756？）字少伯，京兆長安人。曾至涇州、蕭關、臨洮等邊地，開元十五年進士，任祕書省校書郎、汜水尉，貶嶺南。開元二十八年任江寧丞，天寶六年因謗貶沅陵龍標尉，「明時無棄才，謫去隨孤舟」。安史亂起，北還鄉里，為譙郡刺史閭丘曉所殺。張鎬至德二年任河南節度使，閭丘曉軍援睢陽誤期，將戮之，閭以親老乞恕，張鎬曰：「王昌齡之親，欲與誰養乎？」王昌嶺工詩，縝密而思清，尤長於七絕，時稱「詩家夫子王江寧」。曾作《詩格》、《詩中密旨》等，論詩歌聲韻、對偶等法。有《王昌齡集》。

## 塞下曲

### 其一

蟬鳴空桑林，八月蕭關道。出塞復入塞，處處黃蘆草。
從來幽並客，皆共塵沙老①。莫學遊俠兒，矜誇紫騮好。

## 其二

飲馬渡秋水，水寒風似刀。平沙日未沒，黯黯見臨洮。
昔日長城戰，咸言意氣高。黃塵足今古，白骨亂蓬蒿[②]。

①「空桑林」一作「桑樹間」，「復入塞」一作「入塞寒」，「塵沙老」一作「沙場老」。空桑，古地名，今山東、河南交界一帶，約古兗州地區，傳説共工曾淹空桑，蚩尤與黃帝戰於空桑，一説空桑即空曠之桑林。蕭關，古關隘名，秦代蕭關位於今甘肅慶陽環縣城北，漢代蕭關位於今寧夏固原東南。空桑、蕭關亦泛指戰場、邊塞。

②「昔日長城戰」一作「當日龍城戰」。王昌齡《代扶風主人答》有句：「去時三十萬，獨自還長安。不信沙場苦，君看刀箭瘢。」

## 少年行

西陵俠少年，客過短長亭。青槐夾兩道，白馬如流星。
聞有羽書急，單于寇井陘。氣高輕赴難，誰顧燕山銘？

①「兩道」一作「兩路」；「誰顧」一作「唯願」。王昌齡詩風格多樣，或勁健，雄渾，高古，曠達，或優美，清空，幽怨，婉轉，若春堤楊柳，夏沼芙蓉，秋山修竹，冬澗孤松。

## 越女

越女作桂舟，還將桂為楫。湖上水渺漫，清江不可涉。
摘取芙蓉花，莫摘芙蓉葉。將歸問夫婿，顏色何如妾？

## 別劉諝

天地寒更雨，蒼茫楚城陰。一尊廣陵酒，十載衡陽心。
倚仗不可料，悲歡豈易尋。相逢成遠別，後會何如今[1]。
身在江海上，雲連京國深。行當務功業，策馬何駸駸。

①明末清初賀貽孫《詩筏》：只此四十字，格高而味厚，是一首絕好五言律。盛唐吳筠《遊廬山五老峰》前四十字亦佳：「彭蠡隱深翠，滄波照芙蓉。日初金光滿，景落黛色濃。雲外聽猿鳥，煙中見杉松。自然符幽情，蕭灑愜所從。」律詩之妙，在言止而意猶不盡；古詩之妙，在止乎其所不得止。

## 出塞

秦時明月漢時關[1]，萬里長征人未還。
但使龍城飛將在[2]，不教胡馬度陰山。

①唐汝詢《唐詩解》釋，「秦時明月漢時關」交互為文，即秦漢時之明月和關。再如南朝蕭衍《東飛伯勞歌》起句「東飛伯勞西飛燕」，盧綸《送張郎中還蜀歌》起句「秦家御史漢家郎」，以及當今歌曲《南山南》起句「你在南方的豔陽裏，大雪紛飛；我在北方的寒夜裏，四季如春」亦互文。
②「龍城」，王安石《唐百家詩選》作「盧城」，以李廣為右北平郡太守，治盧龍（今河北盧龍），而龍城為匈奴祭天之地，今在蒙古。此龍城、飛將當為泛指，即指揮若定、直搗龍城之邊將。此詩境界高遠，生機勃勃，渾然無跡，超神入化，李攀龍推為唐代七絕第一。

# 從軍行

## 其一

烽火城西百尺樓，黃昏獨坐海風秋。
更吹羌笛關山月，無那金閨萬里愁。

## 其二

琵琶起舞換新聲，總是關山舊別情。
撩亂邊愁彈不盡，高高秋月照長城。

## 其四

青海長雲暗雪山，孤城遙望玉門關。
黃沙百戰穿金甲，不破樓蘭終不還。

## 其五

大漠風塵日色昏，紅旗半捲出轅門。
前軍夜戰洮河北，已報生擒吐谷渾①。

①洮音逃，洮河源於甘肅；吐谷渾音突玉魂，本遼東鮮卑慕容部一支，西晉末遷往甘肅、青海一帶，此泛指西北部族。

# 長信秋詞

## 其一

金井梧桐秋葉黃，珠簾不捲夜來霜。
熏籠玉枕無顏色，臥聽南宮清漏長。

## 其三

奉帚平明金殿開，且將團扇共裴回[①]。
玉顏不及寒鴉色，猶帶昭陽日影來。

①「裴回」即「徘徊」，「共裴回」一作「暫裴回」。此詩側面抒寫，而含蘊無窮。沈德潛《唐詩別裁集》評王昌齡七絕：深情幽怨，意旨微茫，令人測之無端，玩之無窮，可謂之唐人《騷》語。

# 採蓮曲

荷葉羅裙一色裁，芙蓉向臉兩邊開。
亂入池中看不見，聞歌始覺有人來。

## 西宮秋怨

芙蓉不及美人妝，水殿風來珠翠香。
卻恨含情掩秋扇，空懸明月待君王①。

①「卻恨含情」一作「誰分含啼」。空懸明月：司馬相如《長門賦》有句：「日黃昏而望絕兮，悵獨托於空堂。懸明月以自照兮，徂清夜於洞房。」王昌齡《西宮春怨》：「西宮夜靜百花香，欲捲珠簾春恨長。斜抱雲和深見月，朦朧樹色隱昭陽。」

## 送魏二

醉別江樓橘柚香，江風引雨入舟涼。
憶君遙在瀟湘上，愁聽清猿夢裏長。

## 閨怨

閨中少婦不曾愁①，春日凝妝上翠樓。
忽見陌頭楊柳色，悔教夫婿覓封侯。

①「不曾」一作「不知」。唐代府兵制，二一入伍，六十退役，後改二五入伍，五十退役，征婦之怨苦可想而知。盛唐邊塞詩多昂揚報國之篇，中晚唐轉沉鬱悲苦之吟。

## 芙蓉樓送辛漸①

寒雨連江夜入吳，平明送客楚山孤。
洛陽親友如相問，一片冰心在玉壺。

①《元和郡縣誌》卷二六載，東晉王恭任刺史時，改創丹陽西南樓名萬歲樓，西北樓名芙蓉樓，王昌齡另有七律《萬歲樓》。

## 重別李評事

莫道秋江離別難，舟船明日是長安。
吳姬緩舞留君醉，隨意青楓白露寒。

# 綦毋潛

綦毋潛（692？～749？）字孝通，虔州（江西南康）人。開元十四年與嚴迪、儲光羲、崔國輔進士及第，授集賢院校書郎，轉宜壽尉、右拾遺，安史之亂後歸隱，不知所終。善寫山水、方外之情，存詩一卷。

## 春泛若耶溪①

幽意無斷絕，此去隨所偶。晚風吹行舟，花路入溪口。
際夜轉西壑，隔山望南斗。潭煙飛溶溶，林月低向後。
生事且彌漫，願為持竿叟。

①若耶，或寫「若邪」，源出浙江紹興若耶山，傳西施浣紗於此，又名浣紗溪。綦毋潛聲聞於盛唐，傳世詩作平淡無奇，但此詩選入《唐詩三百首》，亦小詩人之幸運者。

# 孫逖

孫逖（696～761）字不詳，祖籍博州武水，其父孫嘉之遷居潞州涉縣、河南鞏縣。開元二年（714）進士，舉手筆俊拔、哲人奇士隱淪屠釣科，授越州山陰尉，開元十年又舉文藻宏麗科。開元二十二、三年兩知貢舉，所拔如杜鴻漸、顏真卿、閻防、賈至、李頎、李華、蕭穎士多俊才。遷中書舍人，掌誥八年，終太子詹事，謚文，葬於洛陽。今存文六卷，詩一卷。

## 宿雲門寺閣①

香閣東山下，煙花象外幽。懸燈千嶂夕，卷幔五湖秋。
畫壁餘鴻雁，紗窗宿斗牛。更疑天路近，夢與白雲遊。

①雲門寺在越州（浙江紹興）東山。孫逖又有《奉和崔司馬遊雲門寺》、《酬萬八賀九雲門下歸溪中作》等詩，前作云：「系馬清溪樹，禪門春氣濃。香臺花下出，講坐竹間逢。覺路山童引，經行谷鳥從。更言窮寂滅，回策上南峰。」

# 金昌緒

金昌緒（？～？）字、生平不詳，余杭（浙江杭州）人，《春怨》盛唐時已傳誦。

## 春怨

打起黃鶯兒，莫教枝上啼。啼時驚妾夢，不得到遼西。

# 崔顥

崔顥（？～758？）字不詳，約生於武則天稱帝期間。《舊唐書・文苑傳》稱汴州（河南開封）人，新出《唐故居士錢府君夫人舒氏墓誌銘並序》署「許州扶溝縣尉博陵撰銘」，《唐故太子洗馬滎陽鄭府君墓誌銘並序》署「朝散郎、試太子司議郎、攝監察御史撰」，博陵當指郡望。開元十年或十一年進士，曾任扶溝縣尉、攝監察御史、太僕寺丞、尚書司勳員外郎等，名位不振。少好蒱博，嗜旨酒，娶妻擇美者，不愜而棄之凡三四。後漫遊多年，嘗至塞垣，詩格忽變，風骨凜然，各體皆有佳構，名著當時，常與王維並稱。

## 長干曲①

### 其一

君家何處住？妾住在橫塘。停船暫借問，或恐是同鄉。

### 其二

家臨九江水，來去九江側。同是長干人，自小不相識。

### 其三

下渚多風浪，蓮舟漸覺稀。那能不相待，獨自逆潮歸。

### 其四

三江潮水急，五湖風浪湧。由來花性輕，莫畏蓮舟重。

①長干、橫塘，皆古金陵地名，位於今南京城南秦淮河南岸，今南京城南仍有古長干、大長干、小長干等里巷。九江、三江、五湖，泛指江、湖。「長干曲」又名「長干行」，郭茂倩《樂府詩集》歸入《雜曲歌辭》。崔顥四首可與儲光羲《江南曲》四首、丁仙芝《江南曲》五首對讀。

## 古意①

十五嫁王昌，盈盈入畫堂。自矜年最少，復倚婿為郎。
舞愛前溪綠，歌憐子夜長。閒來鬥百草，度日不成妝。

①詩題一作「王家少婦」。中唐李肇《國史補》卷上載：顥有美名，李邕欲一見，開館待之。及顥至獻文，首章曰「十五嫁王昌」。邕叱起曰：「小子無禮！」乃不接之。此篇寫嬌憨之態，字字入微，亦閨情之常。立身且須謹重，文章何妨放蕩？讀崔顥詩歌，察崔顥行事，慷慨激烈，風骨凜然。

## 送單于裴都護赴西河

征馬去翩翩，城秋月正圓。單于莫近塞，都護欲臨邊。
漢驛通煙火，胡沙乏井泉。功成須獻捷，未必去經年。

## 古遊俠呈軍中諸將

少年負膽氣，好勇復知機。仗劍出門去，孤城逢合圍。
殺人遼水上，走馬漁陽歸。錯落黃金甲，蒙茸貂鼠衣。
還家且行獵，弓矢速如飛。地迥鷹犬疾，草深狐兔肥。
腰間帶兩綬，轉盼生光輝①。顧謂今日戰，何如隨建威②？

①「黃金甲」一作「金鎖甲」，「且行獵」一作「行且獵」，「腰間帶兩綬」一作「腰帶垂兩鞬」。
②建威，當指東漢名將耿弇，以軍功拜建威將軍；東晉劉牢之之子劉敬宣所向有功，亦曾為建威將軍。

## 贈王威古

三十羽林將，出身常赴邊。春風吹淺草，獵騎何翩翩。
插羽兩相顧，鳴弓新上弦。射麋入深谷，飲馬投荒泉。
馬上共傾酒，野中聊割鮮。相看未及飲，雜虜寇幽燕。
烽火去不息，胡塵高際天。長驅救東北，戰解城亦全。
報國行赴難，古來皆共然。

## 贈輕車

悠悠遠行歸，經春涉長道。幽冀桑始青，洛陽蠶欲老。
憶昨戎馬地，別時心草草。烽火從北來，邊城閉常早。
平生少相遇，未得展懷抱。今日杯酒中，見君交情好。

# 黃鶴樓①

昔人已乘白雲去，此地空餘黃鶴樓②。
黃鶴一去不復返，白雲千載空悠悠。
晴川歷歷漢陽樹，芳草萋萋鸚鵡洲③。
日暮鄉關何處是，煙波江上使人愁。

①意得象先，神行語外，至今讀來，意興遄飛，難怪嚴羽等人推此詩為唐人七律第一。然此詩句法究是盛唐歌行語，與沈佺期《古意贈補闕喬知之》皆非七律正體。沈佺期《龍池篇》、李白《鸚鵡洲》前四句專詠龍池、鸚鵡，一氣直書，末四句轉寫詩意，與崔詩同格。

②此詩首句，《國秀集》、《河嶽英靈集》、《又玄集》等唐選本作「昔人已乘白雲去」，王安石《唐百家詩選》、金代元好問《唐詩鼓吹》為「昔人已乘黃鶴去」，明清選本多從後者。「黃鶴」、「白雲」孰優孰劣，後人爭論不休。李白《鸚鵡洲》三疊鸚鵡，似可佐證三疊黃鶴。而今施蟄存以為崔詩一、四句白雲、二、三句黃鶴相呼應更合詩法。

③此依《河嶽英靈集》，《國秀集》作「春草青青鸚鵡洲」，元明選本「青草」多作「芳草」。

# 行經華陰

岧嶢太華俯咸京，天外三峰削不成。
武帝祠前雲欲散，仙人掌上雨初晴。
河山北枕秦關險，驛樹西連漢畤平。
借問路旁名利客，何如此處學長生？

## 雁門胡人歌

高山代郡東接燕，雁門胡人家近邊。
解放胡鷹逐塞鳥，能將代馬獵秋田。
山頭野火寒多燒，雨裏孤峰濕作煙。
聞道遼西無鬥戰，時時醉向酒家眠。

## 長安道

長安甲第高入雲，誰家居住霍將軍。
日晚朝回擁賓從，路傍揖拜何紛紛。
莫言炙手手可熱，須臾火盡灰亦滅①。
莫言貧賤即可欺，人生富貴自有時。
一朝天子賜眼色，世事悠悠應始知。

①成語「炙手可熱」，今《辭海》等辭典皆引杜甫《麗人行》「炙手可熱勢絕倫」。杜甫此詩約作於天寶十二年（753），而崔顥生卒、創作時間明顯早於杜甫。

# 王維

王維（699？～761）字摩詰，本太原祁人，其父遷居蒲州（山西永濟）。弱冠與弟王縉宦遊兩都，王公豪右無不拂席迎之，開元九年狀元及第。曾奉使出塞，詩名盛於開元、天寶間，兼精於音樂、繪畫、書法。歷右拾遺、監察御史、左補闕、庫部郎中、吏部郎中、給事中。安祿山攻佔長安，不及出逃，拘於菩提寺，有詩示裴迪：「萬戶傷心生野煙，百官何日再朝天。秋槐葉落空宮裏，凝碧池頭奏管弦。」後因以寬免，仕至尚書右丞。晚年奉佛好道，得宋之問藍田輞川別墅，日與丘為、裴迪等人詩琴自樂。王維詩歌諸體皆擅，早年詩作多七言樂府，尤精於五言、七言近體，清微淡遠，詩情畫意，實為盛唐詩風之典範。後人論詩，常以王維、孟浩然或王維、韋應物並稱；又有以仙、聖、佛擬李白、杜甫、王維。錢鍾書極言，中國詩即王維詩。有《王右丞集》。

## 雜詩

君自故鄉來，應知故鄉事。來日綺窗前，寒梅著花未？

## 書事

輕陰閣小雨，深院晝慵開。坐看蒼苔色，欲上人衣來。

## 鹿柴①

空山不見人，但聞人語響。返景入深林②，復照青苔上。

①此為王維與裴迪唱和《輞川集》二十首之五。鹿柴即鹿砦，養鹿之柵欄，此指鹿棲止之地。山水、田園詩起自東晉，謝靈運、陶潛為其代表，王維、孟浩然、儲光羲等人形成盛唐山水、田園詩派，以靜謐山水、悠閒田園為審美對象，主要抒發其安定閒適、樂天知命之情感。張籍、王建、柳宗元、聶夷中等人始揭露鄉村貧苦，但未成山水、田園詩主流。王維居於長安西南藍田輞川別業時，常與裴迪步仄徑，臨清流，詠輞川諸景，各得五言詩二十首，結成《輞川集》。王維以詩情禪意，境外影響日益擴大，美國E．溫伯格、墨西哥O．帕斯1987年著《十九種方式看王維》，比較《鹿柴》原詩與十八種譯本之認知角度和文字風格。

②返景，即返影。裴迪同題之作：「日夕見寒山，便為獨往客。不知深林事，但有麏麚跡。」

## 竹里館①

獨坐幽篁裏，彈琴復長嘯。深林人不知，明月來相照。

①天地則邇，戶庭已悠。此為《輞川集》之十七，裴迪同題之作：「來過竹里館，日與道相親。出入唯山鳥，幽深無世人。」

## 辛夷塢

木末芙蓉花，山中發紅萼。澗戶寂無人，紛紛開且落。

## 鳥鳴澗①

人閒桂花落，夜靜春山空。月出驚山鳥，時鳴春澗中。

①此為《皇甫嶽雲溪雜詠》五首之一。平淡無華而生趣盎然，超然事外又熱烈五內，洗盡塵滓，開滌人情，優美，健康，諧和，自然。

## 相思①

紅豆生南國，春來發幾枝。願君休採擷，此物最相思②。

①詩題又作「相思子」、「江上贈李龜年」。古之相思，有親朋之念、男女之情，又有比興之用。王維此詩，應為朋友贈別，非男女相思。
②此詩計有功《唐詩紀事》作：「紅豆生南國，秋來發幾枝。贈君休採擷，此物最相思。」「贈」字顯然有誤，沈德潛《唐詩別裁集》作「勸」。但「發幾枝」，「春」也「秋」也？今無定論。

## 輞川閒居贈裴秀才迪

寒山轉蒼翠，秋水日潺湲。倚杖柴門外，臨風聽暮蟬①。
渡頭餘落日，墟里上孤煙。復值接輿醉，狂歌五柳前②。

①此詩前四句順序似有誤，推其詩意，頷聯可為首聯，即：「倚杖柴門外，臨風聽暮蟬。寒山轉蒼翠，秋水日潺湲。」
②接輿，春秋時楚國隱士陸通，字接輿，佯狂遁世，此指裴迪，五柳指作者。

## 過香積寺

不知香積寺，數里入雲峰。古木無人逕，深山何處鐘。
泉聲咽危石，日色冷青松。薄暮空潭曲，安禪制毒龍[①]。

①香積寺，位於長安城外西南，淨土宗祖庭。安禪，靜心打坐。唐詩常悲憫人世，逃情山水，而宋詩多享受人生，山水擬人，興味盎然，如蘇軾「欲把西湖比西子，淡妝濃抹總相宜」，王安石「一水護田將綠繞，兩山排闥送青來」。

## 山居秋暝

空山新雨後，天氣晚來秋。明月松間照，清泉石上流。
竹喧歸浣女，蓮動下漁舟。隨意春芳歇[①]，王孫自可留。

①隨意，今施蟄存《唐詩百話》釋為「儘管」之意；歇，停止，竭盡；春芳雖盡，王孫可留。

## 從岐王過楊氏別業應教

楊子談經處，淮王載酒過。興闌啼鳥換，坐久落花多[①]。
逕轉回銀燭，林開散玉珂。嚴城時未啟，前路擁笙歌。

①應制詩如此出色，難得！胡應麟《詩藪・內篇》：杜審言「風光新柳報，宴賞落花催」、王摩詰「興闌啼鳥換，坐久落花多」，皆佳句也。然「報」、「催」字極精工，意盡語中；「換」、「多」字覺散緩，韻在言外。觀此可以知初唐、盛唐次第矣。

## 使至塞上

單車欲問邊，屬國過居延①。征蓬出漢塞，歸雁入胡天。
大漠孤煙直，長河落日圓②。蕭關逢候騎，都護在燕然。

①此二句又作「銜命辭天闕，單車欲問邊」。「屬國」，一釋秦漢官名「典屬國」，掌管歸化部族，「屬國」意指使者；二釋附屬國，指西北歸附各國。居延，故址今在內蒙古額濟納旗，有弱水於此彙聚為居延海，清代分為東、西兩海，後乾涸。「過居延」之「過」，一釋經過，二釋遠過、超越。開元二十五年（737），王維赴西河節度使慰問將士，至涼州而作。
②孤煙，烽煙，狼煙。唐代烽火不僅報警，兼報平安，即「平安火」，孤煙當指平安火，且「大漠孤煙直」既寫實況，亦煉佳境。

## 觀獵

風勁角弓鳴，將軍獵渭城。草枯鷹眼疾，雪盡馬蹄輕。
忽過新豐市，還歸細柳營。回看射雕處，千里暮雲平①。

①晚唐張祜《觀魏博何相公獵》，詩意近之：「曉出郡城東，分圍淺草中。紅旗開向日，白馬驟迎風。背手抽金鏃，翻身控角弓。萬人齊指處，一雁落寒空。」王維詩多溫厚、內斂之作。即如此詩，內容、風格雄健壯麗，而音節、章句仍調和優美，最能傳達中國藝術傳統精神。

## 終南山

太乙近天都，連山到海曙。白雲回望合，青靄入看無[1]。
分野中峰變，陰晴眾壑殊。欲投人處宿，隔水問樵夫。

①太乙山，今太白山，秦嶺最高峰；天都，一為星宿名，一指國都，即長安。

## 冬晚對雪憶胡處士[1]

寒更催曉箭，清鏡覽衰顏[2]。隔牖風驚竹，開門雪滿山。
灑空深巷靜，積素廣庭閒。借問袁安舍，翛然尚閉關。

①一作隋末唐初王邵詩。王維另有《胡居士臥病遺米因贈》、《與胡居士皆病寄此兼示學人》。
②二句一作「寒更傳唱晚，清鏡減衰顏」。

## 漢江臨泛

楚塞三湘接，荊門九派通[1]。江流天地外，山色有無中。
郡邑浮前浦，波瀾動遠空。襄陽好風日，留醉與山翁[2]。

①「楚塞三湘接，荆門九派通」，即「楚塞接三湘，荆門通九派」。
②山翁，西晉襄陽太守山簡，喜飲酒遊玩，此喻作者。

## 送梓州李使君

萬壑樹參天，千山響杜鵑。山中一夜雨，樹杪百重泉。
漢女輸橦布，巴人訟芋田①。文翁翻教授，不敢倚先賢②。

①橦音童，指木棉樹，橦布即木棉花所織之布，又稱賨（音從）布。
②文翁名黨，字仲翁，西漢景帝時廬江人，景帝末為蜀郡守，起學官，授知識，育人才，蜀地逐漸開化；翻，副詞，表示轉折，反而、居然、卻之意；不敢，或為「敢不」之誤。文翁不畏艱難，果於教化，李使君敢不追隨、效仿先賢？

## 淇上別趙仙舟①

相逢方一笑，相送還成泣。祖帳已傷離②，荒城復愁人。
天寒遠山靜，日暮長河急。解纜君已遙，望君猶佇立。

①詩題據《河嶽英靈集》，《國秀集》作「河上送趙仙舟」，或作「齊州送祖三」，祖三即祖詠。淇水古為黃河支流，東漢建安時為通漕運，改入白溝（今衛河）。
②祖帳，道旁送行之帷帳，也指送行酒筵。

## 入山寄城中故人①

中歲頗好道，晚家南山陲。興來每獨往，勝事空自知。
行到水窮處，坐看雲起時②。偶然值林叟，談笑無還期。

①詩題據《河嶽英靈集》，《國秀集》作「初至山中」，他本或作「終南別業」。王維中年奉佛向道，詩意亦多寫此。

②水窮無悲，雲起無樂；物我兩愜，心與境一。而王安石《江上》「青山繚繞疑無路，忽見千帆隱映來」，南宋陸遊《遊山西村》「山重水復疑無路，柳暗花明又一村」，則用語工巧，雪泥留痕。

## 秋夜獨坐

獨坐悲雙鬢，空堂欲二更。雨中山果落，燈下草蟲鳴。
白髮終難變，黃金不可成。欲知除老病，唯有學無生。

## 奉寄韋太守陟

荒城自蕭索，萬里山河空。天高秋日迥，嘹唳聞歸鴻。
寒塘映衰草，高館落疏桐。臨此歲方晏，顧景詠悲翁。
故人不可見，寂寞平陵東。

## 送別

下馬飲君酒，問君何所之？君言不得意，歸臥南山陲。
但去莫復問，白雲無盡時①。

①中唐楊衡《盧十五竹亭送侄偁歸山》：「落葉寒擁壁，清霜夜沾石。正是憶山時，復送歸山客。殷勤一尊酒，曉月當窗白。」

## 從軍行

吹角動行人，喧喧行人起。笳悲馬嘶亂，爭渡金河水。
日暮沙漠陲，戰聲煙塵裏。盡系名王頸，歸來獻天子。

## 觀別者

青青楊柳陌，陌上別離人。愛子遊燕趙，高堂有老親。
不行無可養，行去百憂新。切切委兄弟，依依向四鄰。
都門帳飲畢，從此謝親賓。揮涕逐前侶，含淒動征輪。
車徒望不見，時見起行塵。吾亦辭家久，看之淚滿巾[1]。

①語極簡單、平淡，而意極深刻、真摯。再如其《過沈居士山居哭之》：「楊朱來此哭，桑扈返於真。獨自成千古，依然舊四鄰。閒簷喧鳥鵲，故榻滿埃塵。曙月孤鶯囀，空山五柳春。野花愁對客，泉水咽迎人。善卷明時隱，黔婁在日貧。逝川嗟爾命，丘井歎吾身。前後徒言隔，相悲詎幾晨。」

## 九月九日憶山東兄弟

獨在異鄉為異客，每逢佳節倍思親。
遙知兄弟登高處，遍插茱萸少一人[1]。

①魏晉時，已有重陽節佩茱萸祛邪闢惡之風俗。東晉葛洪《西京雜記》卷三載，「九月九日，佩茱萸，食蓬餌，飲菊華酒，令人長壽。」人之傷感輕淺而悲哀深重，王維「西出陽關無故人」，傷感；「遍插茱萸少一人」，悲哀。

## 送元二使安西①

渭城朝雨浥輕塵，客舍青青柳色新。
勸君更盡一杯酒，西出陽關無故人。

①此詩當時即譜入樂府，廣為流行，直至兩宋金元，稱「渭城曲」、「陽關曲」、「陽關三疊」，開元時李鶴年、中唐米嘉榮、何戡尤妙唱此曲。明清時，漸演變為古琴、琵琶、笛等器樂，以琴曲、琴歌最著。

## 少年行①

### 其一

新豐美酒斗十千，咸陽遊俠多少年。
相逢意氣為君飲，系馬高樓垂柳邊。

### 其二

出身仕漢羽林郎，初隨驃騎戰漁陽。
孰知不向邊庭死，縱死猶聞俠骨香②。

### 其三

一身能擘兩雕弧，虜騎千重只似無。
偏坐金鞍調白羽，紛紛射殺五單于。

## 其四

漢家君臣歡宴終，高議雲臺論戰功。
天子臨軒賜侯印，將軍佩出明光宮。

①《少年行》組詩四首，合讀次第井然，分讀各自成篇。類似組詩如杜甫《喜達行在所》三首、《西山》三首，令狐楚《少年行》四首，北宋梅堯臣《悼亡》三首。王維與弟縉俱有俊才，博學多藝，詩名盛於開元、天寶間，此組詩壯闊飛動，當作於早年。
②「孰知不向邊庭死」，即「孰不知向邊庭死」。

# 積雨輞川莊作

積雨空林煙火遲，蒸藜炊黍餉東菑。
漠漠水田飛白鷺，陰陰夏木囀黃鸝①。
山中習靜觀朝槿，松下行齋折露葵②。
野老與人爭席罷，海鷗何事更相疑。

①李肇《國史補》謂此聯襲用李嘉祐，然年輩王先李後，時空豈能倒置？且詩用疊字極難工妙，而王維此聯漠漠境廣，陰陰涼濃，語愜意好。
②「行齋」一作「清齋」，習靜、行齋詞性相同，語義相對，此據《文苑英華》卷三十九。

## 酬郭給事

洞門高閣靄餘輝，桃李陰陰柳絮飛。
禁里疏鐘官舍晚，省中啼鳥吏人稀。
晨搖玉珮趨金殿，夕奉天書拜瑣闈。
強欲從君無那老，將因臥病解朝衣。

## 酌酒與裴迪

酌酒與君君自寬，人情翻覆似波瀾。
白首相知猶按劍，朱門先達笑談冠①。
草色全經細雨濕，花枝欲動春風寒。
世事浮雲何足問，不如高臥且加餐②。

①朱門先達笑彈冠，事見《漢書・蕭望之傳》：（蕭）育為人嚴猛尚威，居官數免，稀遷。少與陳咸、朱博為友，著聞當世。往者有王陽、貢公，故長安語曰‘蕭、朱結綬，王、貢彈冠’，言其相薦達也。蕭育與朱博後有隙，不能終，故世以交為難。

②古詩十九首之《行行重行行》結句云：「思君令人老，歲月忽已晚。棄捐勿復道，努力加餐飯。」

## 出塞作

居延城外獵天驕，白草連山野火燒。
暮雲空磧時驅馬，秋日平原好射雕①。
護羌校尉朝乘障，破虜將軍夜渡遼。
玉靶角弓珠勒馬②，漢家將賜霍嫖姚。

①前四句，一説指匈奴出獵，邊場預警。然場面雄壯，氣勢豪邁，當是邊帥巡行、出獵，耀武揚威。
②「玉靶角弓珠勒馬」連用三名詞，營造別樣意象，再如白居易《長恨歌》之「翠翹金雀玉搔頭」，岑參《白雪歌送武判官歸京》之「胡琴琵琶與羌笛」，黃庭堅《寄黃幾復》之「桃李春風一杯酒，江湖夜雨十年燈」，然此句法過則可笑。

## 寒食城東即事

清溪一道穿桃李，演漾綠蒲涵白芷。
溪上人家凡幾家，落花半落東流水。
蹴踘屢過飛鳥上，鞦韆競出垂楊裏①。
少年分日作遨遊，不用清明兼上巳②。

①蹴踘音促居，踘同鞠，指皮制之球。」《戰國策・齊策》、《史記・蘇秦列傳》皆稱，齊國臨菑「甚富而實，其民無不吹竽、鼓瑟、擊筑、彈琴、鬥雞、走犬、六博、蹋鞠者。」鞦韆亦寫秋千，起自古代，先秦、西漢宮中、閨中女子於寒食、夏日等時節多遊戲，又稱「半仙戲」。
②古之清明，包含寒食、清明、上巳三節，連綿二候，正是冬去春來，草長鶯飛時光，除禁火、祭墓外，尚多踏青、插柳、鬥草、鞦韆、蹴鞠等士女賞春樂事。

# 不遇詠

北闕獻書寢不報，南山種田時不登。
百人會中身不預，五侯門前心不能①。
身投河朔飲君酒，家在茂陵平安否？
且共登山復臨水，莫問春風動楊柳。
今人作人多自私，我心不說君應知。
濟人然後拂衣去，肯作徒爾一男兒②！

①百人會，眾多重臣被召之盛會，語出《世說新語・寵禮》。五侯泛指皇帝寵倖之權臣貴戚，如漢代有西漢成帝時外戚王譚等五人封為列侯，東漢桓帝時梁冀擅權而封梁氏五人為侯。

②王維屢經喪亂，晚年長齋，室中唯茶鐺藥臼、經案繩牀而已。退朝之後，焚香獨坐，以禪頌為事。然讀王維此詩，及其《少年行》、《老將行》、《觀獵》、《出塞》等作，豈有一絲閒淡虛靜？

# 祖詠

祖詠（699～746？）字不詳，洛陽（河南洛陽）人。少與王維為吟侶，開元十二年進士，曾任兵部員外郎，仕途落拓。後流落不偶，移家汝墳（河南葉縣）。

## 終南望餘雪[1]

終南陰嶺秀，積雪浮雲端。林表明霽色，城中增暮寒[2]。

①傳此為祖詠省試詩，六韻十二句僅成四句，即納於有司。或詰之，祖詠曰「意盡」。大曆九年，閻濟美試進士，因不諳帖經，許以詩贖，賦《天津橋望洛城殘雪》，僅成四句交卷：「新霽洛城端，千家積雪寒。未收清禁色，偏向上陽殘。」主司覽之，稱賞再三，竟唱過。

②王士禛《帶經堂詩話》卷十二：古今雪詩，唯羊孚一贊及陶淵明《癸卯歲十二月中作與從弟敬遠》之「傾耳無希聲，在目皓已潔」，及祖詠「終南陰嶺秀」一篇，右丞《冬晚對雪憶胡居士家》之「灑空深巷靜，積素廣庭閒」，韋左司《休暇日訪王侍御不遇》之「門對寒流雪滿山」句最佳。若柳子厚《江雪》之「千山鳥飛絕」，已不免俗。

## 江南旅情

楚山不可極，歸路但蕭條。海色晴看雨，江聲夜聽潮。
劍留南斗近[1]，書寄北風遙。為報空潭橘，無媒贈洛橋。

①南斗六星，分野吳越，代指江南。

## 夕次圃田店

前路入鄭郊，尚經百餘里。馬煩時欲歇，客歸程未已。
落日桑柘陰，遙村煙火起。西還不遑宿，中夜渡涇水。

## 望薊門

燕臺一望客心驚，笳鼓喧喧漢將營。
萬里寒光生積雪，三邊曙色動危旌。
沙場烽火連胡月，海畔雲山擁薊城[①]。
少小雖非投筆吏，論功還欲請長纓。

①此詩氣象雄麗，惜中間四句句法、意境相似。

# 寒山

寒山（？～？）一稱寒山子，生平不詳，生活年代有貞觀、先天、大曆三種說法。本為士人，三十歲後隱居臺州始豐縣（浙江天臺）翠屏山，其山當暑有雪，亦名寒巖，因自號寒山子。好為詩，後人（一說徐靈府）隨錄三百餘首，為《寒山子詩集》。又據託名閭丘胤詩序，寒山時往還國清寺，與寺僧豐干、拾得相善，後民間傳寒山、拾得為「和合二仙」。今寒山詩集，兼有初唐至中唐之間多人詩作。進入20世紀，寒山詩相繼受到日本、歐美詩人推崇。

## 杳杳寒山道

杳杳寒山道，落落冷澗濱。啾啾常有鳥，寂寂更無人。
淅淅風吹面，紛紛雪積身。朝朝不見日，歲歲不知春①。

①通篇句首皆用疊字，律中別為一體。寒山詩中多詠寒山，再如：「人問寒山道，寒山路不通。夏天冰未釋，日出霧朦朧。似我何由屆，與君心不同。君心若似我，還得到其中。」

# 高適

高適（701？～765）字達夫，一字仲武，郡望渤海蓨縣，洛陽人。據新出《唐故韶州長史高府君玄堂記》等墓誌，高適乃初唐名將高侃之孫，韶州長史高崇文之子，父死家貧，流寓宋中，性拓落，不拘小節。開元二十年遊薊門，天寶八年薦舉有道科，為封丘尉。天寶十二年入哥舒翰幕，為掌書記。安史之亂起，任左拾遺、監察御史、侍御史。因切諫諸王分鎮，唐肅宗任為御史大夫、淮南節度使，詔與江東節度使來瑱平永王之亂。後為宦官李輔國嫉，左遷太子少詹事，出為彭州刺史、蜀州刺史，終刑部侍郎、左散騎常侍，封渤海縣侯，諡忠。高適、岑參皆長於邊塞七言，高詩超邁氣壯，岑詩奇麗韻長，並稱「高岑」。有《高常侍集》。

## 使清夷軍入居庸

匹馬行將久，征途去轉難。不知邊地別，只訝客衣單。
溪冷泉聲苦，山空木葉乾。莫言關塞極，雲雪尚漫漫。

## 醉後贈張九旭

世上謾相識，此翁殊不然。興來書自聖，醉後語尤顛[①]。
白髮老閒事，青雲在目前。牀頭一壺酒，能更幾回眠？

①寫張旭形神俱出，可與李頎《贈張旭》、杜甫《殿中楊監見示張旭草書圖》、錢起《送外甥懷素上人歸鄉侍奉》等詩對讀。

## 哭單父梁九少府

開篋淚沾臆，見君前日書。夜臺今寂寞，獨是子雲居[①]。
疇昔探靈奇，登臨賦山水。同舟南浦下，望月西江裏。
契闊多別離，綢繆到生死。九原即何處，萬事皆如此。
晉山徒峨峨，斯人已冥冥。常時祿且薄，歿後家復貧。
妻子在遠道，弟兄無一人。十上多苦辛，一官恒自哂。
青雲將可致，白日忽先盡。唯有身後名，空留無遠近。

①薛用弱《集異記》卷二載旗亭唱詩畫壁傳奇，伶官所唱高適一絕「開篋淚沾臆」，實乃此詩前四句。五古而前四句為人激賞者，尚有韋應物《郡齋雨中與諸文士燕集》之「兵衛森畫戟，燕寢凝清香。海上風雨至，逍遙池閣涼。」李華《雲母泉詩》之「晨登玄石嶺，嶺上寒松聲。朗日風雨霽，高秋天地清。」李群玉《雨夜呈長官》之「遠客坐長夜，雨聲孤寺秋。請量東海水，看取淺深愁。」北宋梅堯臣《范饒州坐中客語食河豚魚》之「春洲生荻芽，春岸飛楊花。河豚當是時，貴不數魚蝦。」

## 塞上聞笛①

胡人羌笛戍樓間，樓上蕭條明月閒。
借問梅花何處落，風吹一夜滿關山。

①各本文字不同，此據《河嶽英靈集》。《國秀集》詩題作「和王七玉門關聽吹笛」：「胡人吹笛戍樓間，樓上蕭條海月閒。借問落梅凡幾曲，從風一夜滿關山。」此詩與「黃河遠上白雲間」同韻，「王七」或為王之渙。

## 送董大

千里黃雲白日曛，北風吹雁雪紛紛。
莫愁前路無知己，天下誰人不識君①！

①董大，董庭蘭，琴師。齊白石流寓北京，落寞無聞。徐悲鴻一見，大力推挽。齊白石《答徐悲鴻並題畫寄江南二首》之二：「少年為寫山水照，自娛豈欲世人稱。我法何辭萬口罵，江南傾膽獨徐君。」

## 夜別韋司士

高館張燈酒復清，夜鐘殘月雁歸聲。
只言啼鳥堪求侶，無那春風欲送行。
黃河曲裏沙為岸，白馬津邊柳向城。
莫怨他鄉暫離別，知君到處有逢迎。

## 送前衛縣李寀少府

黃鳥翩翩楊柳垂，春風送客使人悲。
怨別自驚千里外，論交卻憶十年時。
雲開汶水孤帆遠，路繞梁山匹馬遲。
此地從來可乘興，留君不住益淒其。

## 燕歌行

開元二十六年，客有從御史大夫張公出塞而還者，作《燕歌行》以示適。感征戍之事，因而和焉①。

漢家煙塵在東北，漢將辭家破殘賊。
男兒本自重橫行，天子非常賜顏色。
摐金伐鼓下榆關②，旌旆逶迤碣石間。
校尉羽書飛瀚海，單于獵火照狼山。
山川蕭條極邊土，胡騎憑陵雜風雨。
戰士軍前半死生，美人帳下猶歌舞。
大漠窮秋塞草腓，孤城落日鬥兵稀。
身當恩遇恒輕敵，力盡關山未解圍。
鐵衣遠戍辛勤苦，玉箸應啼別離後。
少婦城南欲斷腸，征人薊北空回首。
邊庭飄颻那可度，絕域蒼茫更何有？
殺氣三時作陣雲，寒聲一夜傳刁斗。

相看白刃血紛紛，死節從來豈顧勳。
君不見沙場征戰苦，至今猶憶李將軍[③]。

①「燕歌行」本樂府舊題，曹丕《燕歌行》二首寫閨怨秋思，高適則因時而作，別寫邊塞。
②摐音窗，敲、擂。
③此詩每四句一換韻，凡七換，每韻為一絕句，句法結構有支離散漫之嫌。且古風是否入律？高適、王維、白居易等人多入律，李白、杜甫、韓愈等人多不入律。

## 封丘作

我本漁樵孟諸野，一生自是悠悠者。
乍可狂歌草澤中，寧堪作吏風塵下？
只言小邑無所為，公門百事皆有期。
拜迎長官心欲碎，鞭撻黎庶令人悲[①]。
悲來向家問妻子，舉家盡笑今如此。
生事應須南畝田，世情分付東流水。
夢想舊山安在哉，為銜君命且遲回。
乃知梅福徒為爾[②]，轉憶陶潛歸去來。

①高適時為陳留封丘尉。唐代不只官吏可鞭撻黎庶，縣令亦可鞭撻主簿、縣尉或屬吏。」然高適字「達夫」、「仲武」，不甘草萊，渴求聞達，「即今江海一歸客，他日雲霄萬里人」。
②《漢書・楊胡朱梅（福）雲傳》載，梅福，西漢末年人，曾任南昌尉，王莽專政，梅福一朝棄妻子，去九江，人有見福於會稽者，變名姓，為吳市門卒云。

## 人日寄杜二拾遺[①]

人日題詩寄草堂，遙憐故人思故鄉。
柳條弄色不忍見，梅花滿枝空斷腸。
身在南蕃無所預，心懷百憂復千慮。
今年人日空相憶，明年人日知何處？
一臥東山三十春，豈知書劍老風塵。
龍鐘還忝二千石，愧爾東西南北人。

①此詩作於上元二年（761）。人日，農曆正月初七，兩漢時已為重要節日。正月元日至八日，依次為雞、犬、豕、羊、馬、牛、人、穀日。杜二，杜甫。高適與盛唐詩人多有交遊，李白入獄潯陽，冀其緩頰，而高適峻拒之。大曆五年（770），杜甫開文書帙中，檢所遺忘，因得高適此詩，不勝感慨，作《追酬故高蜀州人日見寄》。

## 邯鄲少年行

邯鄲城南遊俠子，自矜生長邯鄲里：
千場縱博家仍富，幾度報仇身不死。
宅中歌笑日紛紛，門外車馬常如雲。
未知肝膽向誰是，令人卻憶平原君！
君不見，即今交態薄，黃金用盡還疏索。
以茲感歎辭舊遊，更於時事無所求。
且與少年飲美酒，往來射獵西山頭[①]。

①曲終高奏，意蘊悠長；看似放達，實則憤懣：令人卻憶平原君！

# 李白

李白（701～762）字太白，祖籍隴西成紀（甘肅天水）。隋末，其先世以事徙西域中亞。李白生於中亞碎葉，母夢長庚星而誕，因字太白。神龍初，李白約五歲時，其父僑遷綿州昌隆（後改名昌明，今四川江油）青蓮鄉，因名李客，李白亦號青蓮居士。李白少有逸才，喜縱橫，擊劍任俠，存交重義，輕財好施，飄逸不群。二十五歲仗劍去國，遨遊天下。開元十八年，初入長安，未遇。天寶元年，移居宣州南陵，因吳筠引薦，再入長安，詔供奉翰林，與賀知章、李適之等人為「飲中八仙」。天寶三年，因得罪權貴，賜金放歸。安史之亂爆發，諸王分鎮，永王李璘辟為都督府僚佐。後永王為肅宗所敗，李白坐系潯陽獄，改長流夜郎，過巫峽遇赦得釋。代宗登極，拜左拾遺，聞命而逝。晚年漂泊東南，悅當塗謝家青山，卒葬於此。李白之五絕、七絕、古體，皆冠絕有唐。中國古代偉大詩人，屈原、陶潛、李白、杜甫、蘇軾、辛棄疾數人而已。魏顥編《李翰林集》、族叔李陽冰編《草堂集》皆不傳，存北宋樂史編《李翰林集》、宋敏求編《李太白文集》。

## 玉階怨

玉階生白露，夜久侵羅襪。卻下水精簾，玲瓏望秋月。

## 靜夜思

牀前看月光，疑是地上霜。舉頭望山月，低頭思故鄉[①]。

①牀，古有臥具、坐具、井欄三義，此詩之「牀」何指，迄今有爭。「看月光」、「望山月」依宋蜀刻本、咸淳本，明末李攀龍《唐詩選》、清代王堯衢《古唐詩合解》、蘅塘退士《唐詩三百首》等改作「明月光」、「望明月」。

## 勞勞亭[①]

天下傷心處，勞勞送客亭。春風知別苦，不遣柳條青。

①勞勞，憂傷之意，《孔雀東南飛》有「舉手長勞勞，兩情同依依」。勞勞亭，三國東吳時建，位於南京城西南勞勞山，與新亭相近，送別之歌又稱勞歌。

## 秋浦歌[①]

### 其十四

爐火照天地，紅星亂紫煙。赧郎明月夜，歌曲動寒川。

### 其十五

白髮三千丈，緣愁似個長[2]。不知明鏡裏，何處得秋霜？

①秋浦，在今安徽貴池西。
②白髮三千丈，長風幾萬里。李白之詩，以氣為主，清雄俊逸，飄逸高暢。元好問《寄揚飛卿》有句：「西風白髮三千丈，故國青山一萬重。」

## 獨坐敬亭山

眾鳥高飛盡，孤雲獨去閒。相看兩不厭，只有敬亭山[1]。

①敬亭山，在今安徽宣城。李白此詩山我相惬，南宋辛棄疾《賀新郎》則有「我見青山多嫵媚，料青山見我應如是。」

## 陪侍郎叔遊洞庭醉後三首

剗卻君山好，平鋪湘水流。巴陵無限酒，醉殺洞庭秋[1]。

①原作三首，作於乾元二年（759）秋，選其三。時李白流放夜郎，遇赦放還，陪李曄遊洞庭湖，醉後書憤。剗音產，同「鏟」。

## 訪戴天山道士不遇

犬吠水聲中，桃花帶雨濃。樹深時見鹿，溪午不聞鐘。
野竹分青靄，飛泉掛碧峰。無人知所去，愁倚兩三松。

# 塞下曲[①]

## 其一

五月天山雪，無花只有寒。笛中聞折柳，春色未曾看。
曉戰隨金鼓，宵眠抱玉鞍。願將腰下劍，直為斬樓蘭。

## 其三

駿馬似風飆，鳴鞭出渭橋。彎弓辭漢月，插羽破天驕。
陣解星芒盡，營空海霧消[②]。功成畫麟閣，獨有霍嫖姚。

①原作六首，選二首。李白此詩，意氣雄壯而風格優美。②隋代楊素《出塞》二首之一有句：「兵寢星芒落，戰解月輪空」。

# 渡荊門送別

渡遠荊門外，來從楚國遊。山隨平野盡，江入大荒流。
月下飛天鏡，雲生結海樓。仍憐故鄉水，萬里送行舟。

# 送友人

青山橫北郭，白水繞東城。此地一為別，孤蓬萬里征。
浮雲遊子意，落日故人情。揮手自茲去，蕭蕭班馬鳴[①]。

①班馬，離群之馬。

## 送友人入川

見說蠶叢路[①]，崎嶇不易行。山從人面起，雲傍馬頭生。
芳樹籠秦棧，春流繞蜀城。升沉應已定，不必問君平。

①蠶叢、魚鳧，傳説為古蜀國國王，蠶叢路即蜀道。晚唐馬戴《送人遊蜀》：「別離楊柳陌，迢遞蜀門行。若聽清猿後，應多白髮生。虹霓侵棧道，風雨雜江聲。過盡愁人處，煙花是錦城。」

## 夜泊牛渚懷古

牛渚西江夜，青天無片雲。登舟望秋月，空憶謝將軍。
余亦能高詠，斯人不可聞[①]。明朝掛帆席，楓葉落紛紛[②]。

①牛渚，今安徽采石磯；謝將軍、斯人，指東晉鎮西將軍謝尚。
②二句一作「明朝洞庭去，楓葉正紛紛」。劉禹錫《晚泊牛渚》，可與李白媲美：「蘆葦晚風起，秋江鱗甲生。殘霞忽變色，遊雁有餘聲。戍鼓音響絕，漁家燈火明。無人能詠史，獨自月中行。」

## 南陽送客

斗酒勿為薄，寸心貴不忘。坐惜故人去，偏令遊子傷。
離顏怨芳草，春思結垂楊。揮手再三別，臨歧空斷腸。

## 聽蜀僧濬彈琴

蜀僧抱綠綺，西下峨眉峰①。為我一揮手，如聽萬壑松。
客心洗流水，餘響入霜鐘。不覺碧山暮②，秋雲暗幾重。

①綠綺，古琴名，又為古琴別稱，古代還有清角、繞梁、焦尾、鳳皇、春雷、冰清、瓊響等名琴。
②山為何色？青、綠、蒼、翠、碧、黃？據統計，唐代詩人多稱「青山」，其次「碧山」，再次「蒼山」、「翠山」，罕用「綠山」，李白現存詩歌則多為「青山」、「碧山」。

## 宿五松山下荀媼家

我宿五松下，寂寥無所歡。田家秋作苦，鄰女夜舂寒。
跪進雕胡飯①，月光明素盤。令人慚漂母，三謝不能餐。

①宣州五松山。雕胡，菰米，茭白之實，古時江南曾廣泛食用，與五穀合稱六穀。

## 秋登宣城謝朓北樓

江城如畫裏，山曉望晴空。兩水夾明鏡，雙橋落彩虹。
人煙寒橘柚，秋色老梧桐。誰念北樓上，臨風懷謝公①。

①謝朓為南朝齊永明體代表詩人，風格清雋，音韻協調，曾任宣城太守，謝靈運、謝朓合稱「大、小謝」。李白渴慕小謝，晚年避居安徽當塗，葬於當塗謝家青山。其《題東溪公幽居》有句：「宅近青山同謝朓，門垂碧柳似陶潛。」

## 沙丘城下寄杜甫①

我來竟何事，高臥沙丘城。城邊有古樹，日夕連秋聲。
魯酒不可醉，齊歌空復情。思君若汶水，浩蕩寄南征。

①天寶三年（744）三月，李白被詔放還，四月在洛陽與杜甫相遇，同遊開封、商丘，次年又同遊齊魯，深秋在魯郡東石門分手，作此詩。魯郡，兩漢、北魏治所魯縣（曲阜），隋代、初唐治所兗州，武德四年廢，詩中魯郡、沙丘城均在今山東兗州。李白又有《戲贈杜甫》、《魯郡東石門送杜二甫》等詩。

## 宮中行樂①

小小生金屋，盈盈在紫微。山花插寶髻，石竹繡羅衣②。
每出深宮裏，常隨步輦歸。只愁歌舞散，化作彩雲飛。

①原作八首，奉唐玄宗之召而作。

②「山花插寶髻，石竹繡羅衣」，高貴秀雅。杜甫《琴臺》之「野花留寶靨，蔓草見羅裙」，沉重深厚：「茂陵多病後，尚愛卓文君。酒肆人間世，琴臺日暮雲。野花留寶靨，蔓草見羅裙。歸鳳求凰意，寥寥不復聞。」

## 送張舍人之江東

張翰江東去，正值秋風時。天清一雁遠，海闊孤帆遲。
白日行欲暮，滄波杳難期。吳洲如見月，千里幸相思。

## 春思

燕草如碧絲，秦桑低綠枝。當君懷歸日，是妾斷腸時。
春風不相識，何事入羅帷？

## 子夜吳歌[①]

### 其一

秦地羅敷女，採桑綠水邊。素手青條上，紅妝白日鮮。
蠶饑妾欲去，五馬莫留連。

### 其二

鏡湖三百里，菡萏發荷花。五月西施採，人看隘若耶。
回舟不待月，歸去越王家。

### 其三

長安一片月，萬戶擣衣聲。秋風吹不盡，總是玉關情。
何日平胡虜，良人罷遠征[②]。

### 其四

明朝驛使發，一夜絮征袍。素手抽針冷，那堪把剪刀。
裁縫寄遠道，幾日到臨洮？

①源出南朝樂府吳聲歌曲之子夜四時歌，簡稱「子夜吳歌」，原作四首，每首四句，分詠春、夏、秋、冬，李白擴為六句。
②若刪五、六句，更覺渾含無盡。

## 關山月

明月出天山，蒼茫雲海間。長風幾萬里，吹度玉門關。
漢下白登道，胡窺青海灣。由來征戰地，不見有人還。
戍客望邊邑，思歸多苦顏。高樓當此夜，歎息未應閑。

## 古風①

### 其三

秦王掃六合，虎視何雄哉！揮劍決浮雲，諸侯盡西來。
明斷自天啟，大略駕群才。收兵鑄金人，函谷正東開。
銘功會稽嶺，騁望琅邪臺。刑徒七十萬，起土驪山隈。
尚採不死藥，茫然使心哀。連弩射海魚，長鯨正崔嵬。
額鼻象五嶽，揚波噴雲雷。鬐鬣蔽青天，何由睹蓬萊。
徐市載秦女，樓船幾時回②？但見三泉下，金棺葬寒灰。

### 其九

莊周夢蝴蝶，蝴蝶為莊周。一體更變易，萬事良悠悠。
乃知蓬萊水，復作清淺流。青門種瓜人，舊日東陵侯。
富貴故如此，營營何所求？

## 其十四

胡關饒風沙，蕭索竟終古。木落秋草黃，登高望戎虜。
荒城空大漠，邊邑無遺堵。白骨橫千霜，嵯峨蔽榛莽。
借問誰淩虐，天驕毒威武。赫怒我聖皇，勞師事鼙鼓。
陽和變殺氣，發卒騷中土。三十六萬人，哀哀淚如雨。
且悲就行役，安得營農圃。不見征戍兒，豈知關山苦③。
李牧今不在，邊人飼豺虎。

## 其十九

西上蓮花山，迢迢見明星。素手把芙蓉，虛步躡太清。
霓裳曳廣帶，飄拂昇天行。邀我登雲臺，高揖衛叔卿。
恍恍與之去，駕鴻淩紫冥。俯視洛陽川，茫茫走胡兵。
流血塗野草，豺狼盡冠纓④。

①原作五十九首，選五首。其一開宗明義：「大雅久不作，吾衰竟誰陳！」括風雅之源流，明著作之意旨。

②徐市即徐福，秦代齊地方士，傳說被秦始皇派遣，出海採藥，一去不返。唐玄宗重振道教，好神仙長生術，寵信道士葉道善、司馬承禎、吳筠、張果、孫太沖，封張果等人為銀青光祿大夫。

③一本此下有「爭鋒徒死節，秉鉞皆庸豎。戰士死蒿萊，將軍獲圭組。」四句。或以為，此四句語盡而露，不當更益。④李白關心時事，壯懷激烈，非真隱士、真豪士。

## 長干行[1]

妾髮初覆額，折花門前劇。郎騎竹馬來，遶牀弄青梅。
同居長干里，兩小無嫌猜。十四為君婦，羞顏未嘗開。
低頭向暗壁，千喚不一回。十五始展眉，願同塵與灰。
常存報柱信，豈上望夫臺。十六君遠行，瞿塘灩澦堆。
五月不可觸，猿聲天上哀。門前舊行跡，一一生綠苔。
苔深不能掃，落葉秋風早。八月蝴蝶來，雙飛西園草[2]。
感此傷妾心，坐愁紅顏老。早晚下三巴，預將書報家。
相迎不道遠，直至長風沙。

①長干，古街巷名，故址在今南京城南。
②「門前舊行蹤」二句一作「門前遲行跡，一一生蒼苔」；「蝴蝶來」一作「蝴蝶黃」。

## 下終南山過斛斯山人宿置酒

暮從碧山下，山月隨人歸。卻顧所來徑，蒼蒼橫翠微。
相攜及田家，童稚開荊扉。綠竹入幽徑，青蘿拂行衣。
歡言得所憩，美酒聊共揮。長歌吟松風，曲盡星河稀。
我醉君復樂，陶然共忘機。

## 春日醉起言志

處世若大夢，胡為勞其生？所以終日醉，頹然臥前楹。
覺來眄庭前，一鳥花間鳴。借問此何時？春風語流鶯。
感之欲歎息，對酒還自傾。浩歌待明月，曲盡已忘情。

①此詩可與陶潛《飲酒》二十首、白居易《效陶潛體詩十六首》對讀。奧地利作曲家古斯塔夫・馬勒作交響曲《大地之歌》，選唐詩七首，李白居四，此亦其中一首。

## 月下獨酌[1]

### 其一

花間一壺酒，獨酌無相親。舉杯邀明月，對影成三人。
月既不解飲，影徒隨我身。暫伴月將影，行樂須及春。
我歌月徘徊，我舞月零亂。醒時同交歡，醉後各分散。
永結無情遊，相期邈雲漢。

### 其二

天若不愛酒，酒星不在天。地若不愛酒，地應無酒泉[2]。
天地既愛酒，愛酒不愧天。已聞清比聖，復道濁如賢[3]。
聖賢既已飲，何必求神仙。三杯通大道，一斗合自然。
但得酒中趣，勿為醒者傳。

①原作四首，選二首。李白之詩，飄然而來，欻然而去，揮灑自如，純乎天籟。

②酒星，又稱酒旗星，天上星宿名。東漢末孔融《與曹操論酒禁書》有「天垂酒星之耀，地列酒泉之郡，人著旨酒之德」。

③《三國志·魏書·徐邈傳》：徐邈字景山，燕國薊人也。……魏國初建，為尚書郎，時科禁酒，而邈私飲至於沉醉。校事趙達問以曹事，邈曰：「中聖人。」趙達白之太祖，太祖甚怒。度遼將軍鮮于輔進曰：「平日醉客謂酒清者為聖人，濁者為賢人，邈性修慎，偶醉言耳。」邈竟得免刑。

# 憶舊遊書懷贈江夏韋太守良宰①

天上白玉京，十二樓五城。仙人撫我頂，結髮受長生。
誤逐世間樂，頗窮理亂情。九十六聖君，浮雲掛空名。
天地賭一擲，未能忘戰爭。試涉霸王略，將期軒冕榮。
時命乃大謬，棄之海上行。學劍翻自哂，為文竟何成。
劍非萬人敵，文竊四海聲。兒戲不足道，五噫出西京。
臨當欲去時，慷慨淚沾纓。歎君倜儻才，標舉冠群英。
開筵引祖帳，慰此遠徂征。鞍馬若浮雲，送余驃騎亭。
歌鐘不盡意，白日落昆明。十月到幽州，戈鋋若羅星。
君王棄北海，掃地借長鯨。呼吸走百川，燕然可摧傾。
心知不得語，卻欲棲蓬瀛。彎弧懼天狼，挾矢不敢張。
攬涕黃金臺，呼天哭昭王。無人貴駿骨，騄耳空騰驤。
樂毅倘再生，於今亦奔亡。蹉跎不得意，驅馬還貴鄉。
逢君聽弦歌，肅穆坐華堂。百里獨太古，陶然臥羲皇。
徵樂昌樂館，開筵列壺觴。賢豪間青娥，對燭儼成行。
醉舞紛綺席，清歌繞飛梁。歡娛未終朝，秩滿歸咸陽。
祖道擁萬人，供帳遙相望。一別隔千里，榮枯異炎涼。

炎涼幾度改，九土中橫潰。漢甲連胡兵，沙塵暗雲海。
草木搖殺氣，星辰無光彩。白骨成丘山，蒼生竟何罪。
函關壯帝居，國命懸哥舒。長戟三十萬，開門納凶渠。
公卿如犬羊，忠讜醢與菹。二聖出遊豫，兩京遂丘墟。
帝子許專征，秉旄控強楚。節制非桓文，軍師擁熊虎。
人心失去就，賊勢騰風雨。唯君固房陵，誠節冠終古。
仆臥香爐頂，餐霞漱瑤泉。門開九江轉，枕下五湖連。
半夜水軍來，潯陽滿旌旃。空名適自誤，迫脅上樓船。
徒賜五百金，棄之若浮煙。辭官不受賞，翻謫夜郎天。
夜郎萬里道，西上令人老。掃蕩六合清，仍為負霜草。
日月無偏照，何由訴蒼昊。良牧稱神明，深仁恤交道。
一忝青雲客，三登黃鶴樓。顧慚禰處士，虛對鸚鵡洲。
樊山霸氣盡，寥落天地秋。江帶峨眉雪，川橫三峽流。
萬舸此中來，連帆過揚州。送此萬里目，曠然散我愁。
紗窗倚天開，水樹綠如髮。窺日畏銜山，促酒喜得月。
吳娃與越豔，窈窕誇鉛紅。呼來上雲梯，含笑出簾櫳。
對客小垂手，羅衣舞春風。賓跪請休息，主人情未極。
覽君荊山作，江鮑堪動色。清水出芙蓉，天然去雕飾。
逸興橫素襟，無時不招尋。朱門擁虎士，列戟何森森。
剪鑿竹石開，縈流漲清深。登臺坐水閣，吐論多英音。
片辭貴白璧，一諾輕黃金。謂我不愧君，青鳥明丹心。
五色雲間鵲，飛鳴天上來。傳聞赦書至，卻放夜郎回。
暖氣變寒谷，炎煙生死灰。君登鳳池去，忽棄賈生才。
桀犬尚吠堯，匈奴笑千秋。中夜四五歎，常為大國憂。

旌旆夾兩山，黃河當中流。連雞不得進，飲馬空夷猶。
安得羿善射，一箭落旄頭。

①詩題一作「經亂離後天恩流夜郎憶舊遊書懷贈江夏韋太守良宰」。長詩應具結構、識見，短章須有意象、韻味。太白此詩，書體也，工於敘事；杜甫《北征》，記體也，主於言情；韓愈《南山》，賦體也，重在體物。此三長詩鼎峙一代，俯籠萬有。

## 寄東魯二稚子①

吳地桑葉綠，吳蠶已三眠。我家寄東魯，誰種龜陰田②。
春事已不及，江行復茫然。南風吹歸心，飛墮酒樓前。
樓東一株桃，枝葉拂青煙。此樹我所種，別來向三年。
桃今與樓齊，我行尚未旋。嬌女字平陽，折花倚桃邊。
折花不見我，淚下如流泉。小兒名伯禽，與姊亦齊肩。
雙行桃樹下，撫背復誰憐。念此失次第，肝腸日憂煎。
裂素寫遠意，因之汶陽川。

①東魯，指山東任城（濟寧），李白曾寄寓於此；二稚子指女平陽（明月奴）、男伯禽（頗黎）。李白後系獄潯陽，《上崔相百憂章》有「星離一門，草擲二孩」之酸語。

②龜陰田，位於山東龜山之陰，土壤肥沃。語出《左傳．定公十年》：「齊人來歸鄆、讙、龜陰之田。」

## 嘲魯儒

魯叟談五經，白髮死章句。問以經濟策①，茫如墜煙霧。
足著遠遊履，首戴方山巾。緩步從直道，未行先起塵。
秦家丞相府，不重褒衣人②。君非叔孫通，與我本殊倫。
時事且未達，歸耕汶水濱。

①「經濟」，有生計、經營、政治、管理等義。
②秦家丞相，指李斯，李斯反對儒生「不師今而學古」；褒衣，寬大之衣，指儒服。

## 俠客行①

趙客縵胡纓，吳鉤霜雪明。銀鞍照白馬，颯遝如流星。
十步殺一人，千里不留行②。事了拂衣去，深藏身與名。
閒過信陵飲，脫劍膝前橫。將炙啖朱亥，持觴勸侯嬴③。
三杯吐然諾，五嶽倒為輕。眼花耳熱後，意氣素霓生。
救趙揮金槌，邯鄲先震驚。千秋二壯士，煊赫大梁城。
縱死俠骨香，不慚世上英。誰能書閣下，白首太玄經！

①崔宗之《贈李十二》有句：「袖有匕首劍，懷中茂陵書。雙眸光照人，詞賦淩子虛。」千年之後，金庸以此詩為契，著有小說《俠客行》。
②《莊子・雜篇・說劍》：臣之劍十步一人，千里不留行。
③朱亥、侯嬴，即「千秋二壯士」，戰國時魏國信陵君門客，曾參與竊符救趙。

## 峨眉山月歌

峨眉山月半輪秋，影入平羌江水流①。
夜發清溪向三峽，思君不見下渝州②。

①平羌江，今四川青衣江，又稱沫水，自峨眉山西北向東南流經雅州（雅安）稱羌江、平羌江，先匯入大渡河，青衣江、大渡河在峨眉山正西之嘉州（樂山）再匯入岷江，即三江匯流；犍為清溪驛在嘉州東南，渝州（重慶）在嘉州遠東，三峽應指渝州之東出川之瞿塘峽、巫峽、西陵峽。
②時空皆月，太白佳境；五用地名，妙入化工，非聖手不能。

## 望天門山

天門中斷楚江開，碧水東流至此回①。
兩岸青山相對出，孤帆一片日邊來。

①「至此回」一作「直北回」，直北意為在北。李白《東魯門泛舟二首》之一：「日落沙明天倒開，波搖石動水縈回。輕舟泛月尋溪轉，疑是山隱雪後來。」

## 早發白帝城

朝辭白帝彩雲間，千里江陵一日還。
兩岸猿聲啼不住，輕舟已過萬重山①。

①唐肅宗乾元二年（759）春，李白因永王李璘案，流放夜郎，行至白帝城遇赦，驚喜而有此神來快意之詩，可與杜甫《聞官軍收河南河北》對讀。詩之佳處，李白風行水上，杜甫力透紙背。

# 清平調

## 其一

雲想衣裳花想容，春風拂檻露華濃。
若非群玉山頭見，會向瑤臺月下逢。

## 其二

一枝穠豔露凝香，雲雨巫山枉斷腸。
借問漢宮誰得似？可憐飛燕倚新妝①。

## 其三

名花傾國兩相歡，長得君王帶笑看。
解釋春風無限意，沉香亭北倚闌干。

①中唐李濬《松窗雜錄》載，高力士恥為李白脫靴，謂楊太真，李白詞「以飛燕指妃子，賤甚！」唐玄宗嘗欲命李白官，卒為宮中所捍而止。一說為故相張說之子、玄宗之婿學士張垍讒而阻之。「宮中誰第一，飛燕在昭陽！」然西漢趙飛燕之事，李白豈不知之，為何一再而用？

# 贈汪倫

李白乘舟將欲行，忽聞岸上踏歌聲。
桃花潭水深千尺，不及汪倫送我情①。

①桃花潭，在今安徽涇縣。只眼前景，口頭語，而有弦外音，言外韻。高適之魏大、王維之元二、李白之汪倫、杜甫之黃四娘、白居易之劉十九等人，本籍籍無名，詩人一寫，千古流傳。

## 聞王昌齡左遷龍標遙有此寄

楊花落盡子規啼，聞道龍標過五溪。
我寄愁心與明月，隨風直到夜郎西①。

①「楊花落盡」一作「揚州花落」，「隨風」一作「隨君」。李白後亦因永王事，長流夜郎。

## 客中行

蘭陵美酒鬱金香①，玉碗盛來琥珀光。
但使主人能醉客，不知何處是他鄉。

①蘭陵，古地名：一為東周戰國時楚置，在今山東蒼山；一為東晉僑置，在今江蘇常州。李白詩中蘭陵，已不可確考。明代萬曆刻本《金瓶梅詞話》欣欣子序，指作者為「蘭陵笑笑生」，其人亦迄今不可確考。

## 黃鶴樓送孟浩然之廣陵①

故人西辭黃鶴樓，煙花三月下揚州。
孤帆遠影碧山盡，唯見長江天際流。

①敦煌石室殘卷題作「黃鶴樓送孟浩然下惟楊（維揚）」，「孤帆遠影碧山盡」作「孤帆遠映綠山盡」，但李白詩中「綠山」僅此孤例；此句陸遊《入蜀記》卷五作「征帆遠映碧山盡」，宋蜀刻本作「孤帆遠影碧空盡」。

## 望廬山瀑布水

日照香爐生紫煙，遙看瀑布掛前川①。
飛流直下三千尺，疑是銀河落九天。

①前二句一作「廬山上與星斗連，日照香爐生紫煙」，或為李白初稿。

## 蘇臺覽古

舊苑荒臺楊柳新，菱歌清唱不勝春。
只今唯有西江月，曾照吳王宮裏人。

## 越中覽古

越王勾踐破吳歸，戰士還鄉盡錦衣。
宮女如花滿春殿，只今唯有鷓鴣飛①！

①前三句寫昔日之盛，尾句反轉。再如中唐竇鞏《南遊感興》，寫秦末南越趙佗事：「傷心欲問前朝事，唯見江流去不回。日暮東風春草綠，鷓鴣飛上越王臺。」

## 春夜洛城聞笛①

誰家玉笛暗飛聲，散入春風滿洛城？
此夜曲中聞折柳，何人不起故園情。

①乾元元年（758），李白流放夜郎，過武昌黃鶴樓作《黃鶴樓聞笛》，可與此詩比觀：「一為遷客去長沙，西望長安不見家。黃鶴樓中吹玉笛，江城五月落梅花。」

## 橫江詞①

橫江館前津吏迎，向余東指海雲生。
郎今欲渡緣何事？如此風波不可行。

①原作六首，選其五，此首及《山中與幽人對酌》等為拗體七絕。橫江，長江北岸渡口，在今安徽和縣，南岸即牛渚（采石磯）。李白《橫江詞》之一云：「人道橫江好，儂道橫江惡。一風三日吹倒山，白浪高於瓦官閣。」

## 永王東巡歌①

三川北虜亂如麻，四海南奔似永嘉。
但用東山謝安石，為君談笑靜胡沙。

①原作十一首，選其二。永王李璘，唐玄宗第二十三子，太子李亨之弟，李白後因永王事而系獄、流放，論者多非議之。安史之亂後，太子分兵、永王出鎮皆奉唐玄宗之命，其後二子之爭實為爭奪皇權，相互傾軋。李白入永王幕，無論主動、被迫，皆為平亂報國，冤則有之，何錯之有？

## 陪族叔刑部侍郎曄及中書賈舍人至遊洞庭①

### 其二

南湖秋水夜無煙，耐可乘流直上天。
且就洞庭賒月色，將船買酒白雲邊。

### 其五

帝子瀟湘去不還，空餘秋草洞庭間。
淡掃明湖開玉鏡，丹青畫出是君山。

①原作五首，選二首。賈至有《初至巴陵，與李十二白裴九同泛洞庭湖》三首，其一：「江上相逢皆舊遊，湘山永望不堪愁。明月秋風洞庭水，孤鴻落葉一扁舟。

## 登金陵鳳皇臺①

鳳皇臺上鳳皇遊，鳳去臺空江自流。
吳宮花草埋幽徑，晉代衣冠成古丘。
三山半落青天外，二水中分白鷺洲。
總為浮雲能蔽日，長安不見使人愁。

①金陵即今南京，秦名秣陵，魏晉南北朝稱建業、建鄴、建康。隋滅陳，隋文帝下令「建康城邑平蕩耕墾」，長期敗落，隋唐時改稱江寧、上元等。鳳凰臺、三山在金陵城內西南、南部，白鷺洲在金陵城外西南，三山在明初建都時被削平。據南宋胡仔《苕溪漁隱叢話．前集》卷五引北宋李畋《該聞錄》，李白此詩乃追擬《黃鶴樓》之作，然二詩韻腳雖同，機杼、句法則異，相似者乃李白之《鸚鵡洲》。

## 獨漉篇[1]

獨漉水中泥，水濁不見月。
不見月尚可，水深行人沒。
越鳥從南來，胡鷹亦北渡。
我欲彎弓向天射，惜其中道失歸路。
落葉別樹，飄零隨風。客無所托，悲與此同。
羅帷舒捲，似有人開。明月直入，無心可猜。
雄劍掛壁，時時龍鳴。不斷犀象，繡澀苔生。
國恥未雪，何由成名。神鷹夢澤，不顧鴟鳶。
為君一擊，鵬摶九天。

①獨漉，北方河名，水流湍急。《獨漉篇》為樂府古題，原是四言，寫父子之情。

## 採蓮曲

若耶溪傍採蓮女，笑隔荷花共人語。
日照新妝水底明，風飄香袂空中舉[1]。
岸上誰家遊冶郎，三三五五映垂楊。
紫騮嘶入落花去，見此踟躕空斷腸。

①讀此詩，可一句一頓，想像其意、其境，若電影慢鏡頭、蒙太奇。溫庭筠《蓮浦謠》、陸遊《採蓮曲》亦四句轉韻。

# 答王十二寒夜獨酌有懷

昨夜吳中雪，子猷佳興發。
萬里浮雲捲碧山，青天中道流孤月。
孤月滄浪河漢清，北斗錯落長庚明。
懷余對酒夜霜白，玉牀金井冰崢嶸。
人生飄忽百年內，且須酣暢萬古情。
君不能狸膏金距學鬥雞，坐令鼻息吹虹霓[①]。
君不能學哥舒，橫行青海夜帶刀，
西屠石堡取紫袍。
吟詩作賦北窗裏，萬言不值一杯水。
世人聞此皆掉頭，有如東風射馬耳。
魚目亦笑我，謂與明月同。
驊騮拳局不能食，蹇驢得志鳴春風。
折楊黃華合流俗，晉君聽琴枉清角[②]。
巴人誰肯和陽春，楚地由來賤奇璞。
黃金散盡交不成，白首為儒身被輕。
一談一笑失顏色，蒼蠅貝錦喧謗聲。
曾參豈是殺人者，讒言三及慈母驚。
與君論心握君手，榮辱於余亦何有。
孔聖猶聞傷鳳麟，董龍更是何雞狗[③]。
一生傲岸苦不諧，恩疏媒勞志多乖。
嚴陵高揖漢天子，何必長劍拄頤事玉階。

達亦不足貴，窮亦不足悲。
韓信羞將絳灌比，禰衡恥逐屠沽兒。
君不見李北海，英風豪氣今何在？
君不見裴尚書，土墳三尺蒿棘居④。
少年早欲五湖去，見此彌將鐘鼎疏。

①狸膏金距學鬥雞，赤雞白雉賭梨栗，皆指當時鬥雞走狗之類賭博。
②折楊、黃華，古俗樂曲名。
③董龍，即董榮，小字龍，北朝秦王苻生寵臣，以佞幸進。據《資治通鑒·晉紀二十二》，穆帝永和十二年，秦司空王墮嘗曰：「董龍是何雞狗？而今國士與之言乎！」董榮後為苻堅殺。
④李北海指李邕，裴尚書指裴敦復，皆為李林甫所忌而被殺。

## 長相思

### 其一

長相思，在長安。
絡緯秋啼金井闌，微霜淒淒簟色寒①。
孤燈不明思欲絕，捲帷望月空長歎，
美人如花隔雲端。
上有青冥之長天，下有淥水之波瀾。
天長路遠魂飛苦，夢魂不到關山難。
長相思，摧心肝。

## 其二

日色欲盡花含煙，月明如素愁不眠。
趙瑟初停鳳皇柱，蜀琴欲奏鴛鴦弦。
此曲有意無人傳，願隨春風寄燕然，
憶君迢迢隔青天。
昔日橫波目，今作流淚泉。
不信妾斷腸，歸來看取明鏡前。

①絡緯，昆蟲名，《詩經》之「螽斯」，俗稱莎雞、紡織娘；簟音電，簟竹或竹席。

# 烏棲曲

姑蘇臺上烏棲時，吳王宮裏醉西施。
吳歌楚舞歡未畢，青山欲銜半邊日。
銀箭金壺漏水多，起看秋月墜江波，
東方漸高奈爾何①。

①東方漸高，出漢樂府《有所思》結句「東方須臾高知之」，「高」之音、義皆同「皓」，東方漸高即東方漸白。張籍《吳宮怨》、王建《白紵歌》二首，亦寫吳王醉生夢死。

## 烏夜啼

黃雲城邊烏欲棲，歸飛啞啞枝上啼。
機中織錦秦川女，碧紗如煙隔窗語。
停梭悵然憶遠人，獨宿孤房淚如雨[①]。

①結語二句，孟啟《本事詩》作「停梭向人問故夫，欲說遼西淚如雨」。

## 將進酒[①]

君不見，黃河之水天上來，奔流到海不復回。
君不見，高堂明鏡悲白髮，朝如青絲暮成雪。
人生得意須盡歡，莫使金尊空對月。
天生我材必有用，千金散盡還復來。
烹羊宰牛且為樂，會須一飲三百杯。
岑夫子，丹丘生[②]，與君歌一曲，請君為我傾：
鐘鼎玉帛不足悅，但願長醉不願醒。
古來聖賢皆寂寞，唯有飲者留其名。
陳王昔日宴平樂，斗酒十千恣歡謔[③]。
主人何為言少錢，且須酤酒對君酌。
五花馬，千金裘，呼兒將出換美酒，
與爾同銷萬古愁。

①將音槍，請、願。此詩據殷璠《河嶽英靈集》，而《全唐詩》、敦煌石室唐寫本文字多有不同。

②岑勳、元丹丘，二人皆李白好友。

③平樂，西漢長安上林苑有平樂觀（館），東漢洛陽有平樂觀，皆京師遊樂之處。此句典出曹植《名都篇》：「歸來宴平樂，美酒斗十千。

## 宣州謝朓樓餞別校書叔雲①

棄我去者，昨日之日不可留；
亂我心者，今日之日多煩憂。
長風萬里送秋雁，對此可以酣高樓。
蓬萊文章建安骨，中間小謝又清發②。
俱懷逸興壯思飛，欲上青天攬明月。
抽刀斷水水更流，舉杯消愁愁更愁。
人生在世不稱意，明朝散髮弄扁舟③。

①作於天寶十一年幽州歸來之次年秋，餞別李雲。詩題《文苑英華》卷三四三作「陪侍御叔華登樓歌」，華指李華。

②蓬萊為傳說中海上仙山，蓬萊文章指文章繁富。建安為東漢末年漢獻帝年號，三曹（曹操、曹丕、曹植）、七子（孔融、陳琳、王粲、徐幹、劉楨、應瑒、阮瑀），以及蔡琰、仲長統、繁欽、吳質、邯鄲淳、劉劭、禰衡等人，詩文雄健深沉、慷慨悲涼，後稱建安風骨、漢魏風骨。謝靈運與謝惠連、謝靈運與謝朓皆稱「大小謝」，合稱「三謝」。

③杜甫《暮歸》云：「年過半百不稱意，明日看雲還杖藜。」李、杜人格、詩風異同，於此可見端倪。

# 行路難[①]

## 其一

金尊清酒斗十千，玉盤珍羞直萬錢。
停杯投箸不能食，把劍四顧心茫然。
欲渡黃河冰塞川，將登太行雪滿山。
閒來垂釣碧溪上，忽復乘舟夢日邊[②]。
行路難，行路難，多歧路，今安在？
長風破浪會有時，直掛雲帆濟滄海[③]。

## 其二

大道如青天，我獨不得出。
羞逐長安社中兒，赤雞白雉賭梨栗。
彈劍作歌奏苦聲，曳裾王門不稱情。
淮陰市井笑韓信，漢朝公卿忌賈生。
君不見，昔時燕家重郭隗，擁篲折節無嫌猜。
劇辛樂毅感恩分，輸肝剖膽效英才。
昭王白骨縈蔓草，誰人更掃黃金臺？
行路難，歸去來！

## 其三

有耳莫洗潁川水，有口莫食首陽蕨。
含光混世貴無名，何用孤高比雲月？
吾觀自古賢達人，功成不退皆殞身。
子胥既棄吳江上，屈原終投湘水濱。
陸機雄才豈自保？李斯稅駕苦不早？
華亭鶴唳詎可聞？上蔡蒼鷹何足道？
君不見，吳中張翰稱達生，秋風忽憶江東行。
且樂生前一杯酒，何須身後千載名！

①李白《行路難》三首，脱胎於南朝宋鮑照《行路難》十八首，如鮑作之七：「對案不能食，拔劍擊柱長歎息！丈夫生世會幾時，安能蹀躞垂羽翼？棄置罷官去，還家自休息。朝出與親辭，暮還在親側。弄兒牀前戲，看婦機中織。自古聖賢盡貧賤，何況我輩孤且直。」
②此兩句分寫商末呂尚（姜子牙）、商初伊尹故事。
③《宋書・朱修之宗慤王玄謨列傳》載南朝宗慤語：「願乘長風，破萬里浪。」

## 江上吟

木蘭之枻沙棠舟[①]，玉簫金管坐兩頭。
美酒尊中置千斛，載妓隨波任去留。
仙人有待乘黃鶴，海客無心隨白鷗。
屈平詞賦懸日月，楚王臺榭空山丘。
興酣落筆搖五嶽，詩成笑傲淩滄洲[②]。
功名富貴若長在，漢水亦應西北流。

①栧音義，楫。沙棠，木名，西晉郭璞《沙棠》詩：「安得沙棠，制為龍舟，泛彼滄海，眇然遐遊。」
②五嶽、滄洲，皆指隱者之處。

## 廬山謠寄盧侍御虛舟

我本楚狂人，鳳歌笑孔丘。
手持綠玉杖，朝別黃鶴樓。
五嶽尋仙不辭遠，一生好入名山遊。
廬山秀出南斗傍，屏風九疊雲錦張，
影落明湖青黛光。
金闕前開二峰長，銀河倒掛三石樑。
香爐瀑布遙相望，回崖遝嶂淩蒼蒼。
翠影紅霞映朝日，鳥飛不到吳天長。
登高壯觀天地間，大江茫茫去不還。
黃雲萬里動風色，白波九道流雪山。
好為廬山謠，興因廬山發。
閒窺石鏡清我心，謝公行處蒼苔沒。
早服還丹無世情，琴心三疊道初成。
遙見仙人彩雲裏，手把芙蓉朝玉京。
先期汗漫九垓上，願接盧敖遊太清。

## 金陵酒肆留別

風吹柳花滿店香，吳姬壓酒喚客嘗[①]。
金陵子弟來相送，欲行不行各盡觴。
請君試問東流水，別意與之誰短長？

①李白《少年行》有句：「落花踏盡遊何處，笑入胡姬酒肆中」。壓酒，古時壓糟取酒。

## 梁甫吟[①]

長嘯梁甫吟，何時見陽春？
君不見，朝歌屠叟辭棘津，八十西來釣渭濱[②]。
寧羞白髮照淥水，逢時吐氣思經綸。
廣張三千六百釣，風期暗與文王親。
大賢虎變愚不測，當年頗似尋常人[③]。
君不見，高陽酒徒起草中，長揖山東隆准公[④]。
入門不拜騁雄辯，兩女輟洗來趨風。
東下齊城七十二，指揮楚漢如旋蓬。
狂生落魄尚如此，何況壯士當群雄。
我欲攀龍見明主，雷公砰訇震天鼓。
帝傍投壺多玉女，三時大笑開電光，
倏爍晦冥起風雨[⑤]。
閶闔九門不可通，以額扣關閽者怒。
白日不照吾精誠，杞國無事憂天傾。

猰貐磨牙競人肉，騶虞不折生草莖[⑥]。
手接飛猱搏雕虎，側足焦原未言苦。
智者可卷愚者豪，世人見我輕鴻毛。
力排南山三壯士，齊相殺之費二桃。
吳楚弄兵無劇孟，亞夫咍爾為徒勞[⑦]。
梁甫吟，梁甫吟，聲正悲。
張公兩龍劍，神物合有時[⑧]。
風雲感會起屠釣，大人峗屼當安之[⑨]。

①「梁甫吟」，樂府古曲。梁甫為泰山下山名，張衡《四愁詩》有「我所思兮在泰山，欲往從之梁甫艱」。
②朝歌屠叟、釣渭濱，寫商末呂尚故事。
③虎變，出《易經．革卦》「大人虎變，小人革面，君子豹變。」虎秋後皮毛更新，文采炳煥，喻賢者驟然得志。
④高陽酒徒、狂生指秦末漢初酈食其，山東隆准公指劉邦。「狂生」一作「狂客」。
⑤以上五句寫明主荒於淫樂，喜怒無常。
⑥猰貐音雅魚，猛獸名，喻暴政；騶虞，白虎，喻仁政。
⑦咍音孩，笑。此句指西漢周亞夫談笑間弭平吳楚之亂。
⑧張公，西晉張華，《晉書．衛瓘張華列傳》載張華、雷煥因觀斗牛紫氣，於豫章豐城獲干將、莫邪二劍，各持其一，後華誅煥卒，二劍於延平津相合化龍而去。
⑨峗屼音泥無，不平坦，危難。

## 金陵歌送別范宣

石頭巉巖如虎踞，淩波欲過滄江去。
鐘山龍盤走勢來，秀色橫分歷陽樹[①]。
四十餘帝三百秋，功名事蹟隨東流。

白馬小兒誰家子，泰清之歲來關囚。
金陵昔時何壯哉，席捲英豪天下來。
冠蓋散為煙霧盡，金輿玉座成寒灰。
扣劍悲吟空咄嗟，梁陳白骨亂如麻。
天子龍沉景陽井，誰歌玉樹後庭花②。
此地傷心不能道，目下離離長春草。
送爾長江萬里心，他年來訪南山老。

①曆陽，今安徽和縣，在金陵西南，長江上遊。
②景陽，南朝陳宮殿名，在今南京玄武湖北。隋軍攻進金陵，陳後主叔寶與貴妃張麗華、孔貴嬪藏身宮外井中而被俘，後稱此井為辱井、胭脂井、景陽井。

## 把酒問月

青天有月來幾時？我今停杯一問之。
人攀明月不可得，月行卻與人相隨。
皎如飛鏡臨丹闕，綠煙滅盡清輝發。
但見宵從海上來，寧知曉向雲間沒？
白兔搗藥秋復春，嫦娥孤棲與誰鄰？
今人不見古時月，今月曾經照古人。
古人今人若流水，共看明月皆如此。
唯願當歌對酒時，月光長照金尊裏。

# 蜀道難[①]

噫吁戲[②]，危乎高哉，蜀道之難難於上青天。
蠶叢及魚鳧，開國何茫然。
爾來四萬八千歲，不與秦塞通人煙。
西當太白有鳥道，可以橫絕峨嵋巔。
地崩山摧壯士死，然後天梯石棧相鉤連。
上有六龍回日之高標，下有沖波逆折之回川[③]。
黃鶴之飛尚不得，猿猱欲度愁攀緣。
青泥何盤盤，百步九折縈巖巒。
捫參歷井仰脅息[④]，以手撫膺坐長歎。
問君西遊何時還，畏途巉巖不可攀。
但見悲鳥號古木，雄飛雌從繞林間。
又聞子規啼，夜月愁空山。
蜀道之難難於上青天，使人聽此凋朱顏。
連峰去天不盈尺，枯松倒掛倚絕壁。
飛湍瀑流爭喧豗，砯崖轉石萬壑雷[⑤]。
其險也若此，嗟爾遠道之人，胡為呼來哉。
劍閣崢嶸而崔嵬，一夫當關，萬夫莫開。
所守或匪親，化為狼與豺。
朝避猛虎，夕避長蛇，磨牙吮血，殺人如麻。
錦城雖云樂，不如早還家[⑥]。
蜀道之難難於上青天，側身西望長咨嗟。

①詩題一作「古蜀道難」。五代王定保《唐摭言》卷七載，李白初到長安，賀知章讀此詩，稱李白有「謫仙之才」。今李長之《李白》提出，安史之亂、玄宗入蜀後，李白乃作此詩，誤。蜀道難，劍閣險，誠天府之國。然自秦以來，亦屢破矣，險之不可恃如此。

②噫籲戲，驚歎詞。

③「上有六龍回日之高標，下有沖波逆折之回川」，殷璠《河嶽英靈集》等作「上有橫河斷海之浮雲，下有逆折衝波之流川」。

④捫參歷井，參、為星宿名，捫參歷井意即上摸星星；脅息，屏息。

⑤豗音惠，撞擊；砯音烹，水擊巖石聲。

⑥敦煌石室唐寫本無「錦城雖云樂，不如早還家」句。錦城，即錦官城，成都別稱。

## 夢遊天姥山別東魯諸公①

海客談瀛洲，煙濤微茫信難求。
越人語天姥，雲霓明滅或可睹。
天姥連天向天橫，勢拔五嶽掩赤城。
天臺四萬八千丈，對此欲倒東南傾。
我欲因之夢吳越，一夜飛度鏡湖月。
湖月照我影，送我至剡溪。
謝公宿處今尚在，淥水蕩漾清猿啼。
腳著謝公屐，身登青雲梯。
半壁見海日，空中聞天雞。
千巖萬轉路不定，迷花倚石忽已暝。
熊咆龍吟殷巖泉，栗深林兮驚層顛。
雲青青兮欲雨，水澹澹兮生煙。
列缺霹靂，丘巒崩摧②；洞天石扉，訇然中開。
青冥浩蕩不見底，日月照耀金銀臺。

霓為衣兮風為馬，雲之君兮紛紛而來下。
虎鼓瑟兮鸞回車，仙之人兮列如麻。
忽魂悸以魄動，怳驚起而長嗟。
唯覺時之枕席，失向來之煙霞。
世間行樂亦如此，古來萬事東流水。
別君去兮何時還，且放白鹿青崖間，
須行即騎訪名山。
安能摧眉折腰事權貴，使我不得開心顏[3]！

①詩題據《河嶽英靈集》，後省作「別東魯諸公」或「夢遊天姥吟留別」。天姥山，在今浙江新昌，天臺山、赤城山之北，南朝謝靈運曾遊此。
②列缺，閃電。
③「使我不得開心顏」一作「暫樂酒色凋朱顏」。此詩涉想奇幻壯麗，用筆超拔縱恣，李白真謫仙人！

## 南陵別兒童入京[1]

白酒新熟山中歸，黃雞啄黍秋正肥。
呼童烹雞酌白酒，兒女嬉笑牽人衣。
高歌取醉欲自慰，起舞落日爭光輝。
遊說萬乘苦不早，著鞭跨馬涉遠道。
會稽愚婦輕買臣，余亦辭家西入秦[2]。
仰天大笑出門去，我輩豈是蓬蒿人！

①詩題《河嶽英靈集》、敦煌石室寫本、韋莊《又玄集》均作「古意」，此或為初名。天寶元年，李白奉唐玄宗徵召，進京前回南陵，與家中兒女告別而作。南陵，今安徽南陵；一說指山東曲阜陵城村。
②李白始娶於安陸許氏，許卒；又合於魯之劉氏，劉訣。此以西漢朱買臣婦比劉氏。

# 梁園吟①

我浮黃河去京闕②，掛席欲進波連山。
天長水闊厭遠涉，訪古始及平臺間。
平臺為客憂思多，對酒遂作梁園歌。
卻憶蓬池阮公詠，因吟淥水揚洪波。
洪波浩蕩迷舊國，路遠西歸安可得？
人生達命豈暇愁，且飲美酒登高樓。
平頭奴子搖大扇，五月不熱疑清秋。
玉盤楊梅為君設，吳鹽如花皎白雪。
持鹽把酒但飲之，莫學夷齊事高潔③。
昔人豪貴信陵君，今人耕種信陵墳。
荒城虛照碧山月，古木盡入蒼梧雲。
梁王宮闕今安在？枚馬先歸不相待。
舞影歌聲散淥池，空余汴水東流海。
沉吟此事淚滿衣，黃金買醉未能歸。
連呼五白行六博，分曹賭酒酣馳輝。
歌且謠，意方遠。
東山高臥時起來，欲濟蒼生未應晚！

①梁園，又名梁苑、兔園、睢園，俗名竹園，廣三百里，西漢梁王劉武所建遊賞宴賓之所，曾與鄒陽、枚乘、司馬相如等人遊此，故址位於宋州宋中（河南商丘）。平臺，春秋時宋平公所建，西漢梁王重築。李白放離長安，曾與高適、杜甫遊汴州，寓居梁園一帶，續娶宗氏，其《書情贈蔡舍人雄》有「一朝去京國，十載客梁園」。

②「我浮黃河」一作「我乘黃雲」。

③「莫學夷齊事高潔」一作「何用孤高比雲月」。

# 憶舊遊寄譙郡元參軍

憶昔洛陽董糟丘，為余天津橋南造酒樓。
黄金白璧買歌笑，一醉累月輕王侯。
海內賢豪青雲客，就中與君心莫逆。
回山轉海不作難，傾情倒意無所惜。
我向淮南攀桂枝，君留洛北愁夢思。
不忍別，還相隨。
相隨迢迢訪仙城，三十六曲水回縈。
一溪初入千花明，萬壑度盡松風聲。
銀鞍金絡到平地，漢東太守來相迎。
紫陽之真人，邀我吹玉笙。
餐霞樓上動仙樂，嘈然宛似鸞鳳鳴。
袖長管催欲輕舉，漢東太守醉起舞。
手持錦袍覆我身，我醉横眠枕其股。
當筵意氣淩九霄，星離雨散不終朝，
分飛楚關山水遙。
余既還山尋故巢，君亦歸家渡渭橋。
君家嚴君勇貔虎，作尹並州遏戎虜。
五月相呼渡太行，摧輪不道羊腸苦。
行來北京歲月深，感君貴義輕黄金。
瓊杯綺食青玉案，使我醉飽無歸心。
時時出向城西曲，晉祠流水如碧玉。
浮舟弄水簫鼓鳴，微波龍鱗莎草綠。

興來攜妓恣經過，其若楊花似雪何！
紅妝欲醉宜斜日，百尺清潭寫翠娥。
翠娥嬋娟初月輝，美人更唱舞羅衣。
清風吹歌入空去，歌曲自繞行雲飛。
此時行樂難再遇，西遊因獻長楊賦。
北闕青雲不可期，東山白首還歸去。
渭橋南頭一遇君，酇臺之北又離群[①]。
問余別恨今多少，落花春暮爭紛紛。
言亦不可盡，情亦不可及。
呼兒長跪緘此辭，寄君千里遙相憶。

①酇臺指酇縣之臺，酇縣在西漢屬沛郡，傳蕭何於此造律，故址在今河南永城。瞿蛻園稱此詩為李白最完美七古。

# 崔國輔

崔國輔（？～？）字、生卒不詳，吳郡人。開元十四年進士，曾任山陰尉、許昌令，集賢直學士。天寶十一年坐事貶竟陵司馬，嘗與陸羽品茗酬唱。長於五言，風格清麗，情趣盎然，時稱「崔國輔體」。

## 湖南曲

湖南送君去，湖北送君歸。湖裏鴛鴦鳥，雙雙他自飛。

## 長信草

長信宮中草，年年愁處生。故侵珠履跡，不使玉階行①。

①其《怨詞》二首，同一機杼：「妾有羅衣裳，秦王在時作。為舞春風多，秋來不堪著。」「樓頭桃李疏，池上芙蓉落。織錦猶未成，蛩聲入羅幕。」

# 丘為

丘為（702？～797？）字不詳，嘉興（浙江嘉興）人。天寶（742～756）初進士，累官至太子右庶子。事繼母孝，給俸祿之半，年八十餘，母猶無恙。

## 題農父廬舍①

東風何時至，已綠湖上山。湖上春已早②，田家日不閒。
溝塍流水處，耒耜平蕪間③。薄暮飯牛罷，歸來還閉關。

①敦煌石室唐寫本題為「田家」。
②「春已早」，芮挺章《國秀集》作「春既早」。
③塍音程，田間土埂；「平蕪」，唐寫本作「青蕪」。

# 張潮

張潮（？～？）字、生卒不詳，一作張朝，號朝陽山人，潤州丹陽人，開元前後處士。工詩，殷璠《丹陽集》、李康成《玉臺後集》、顧陶《唐詩類選》皆選錄其詩，今存詩5首。

## 江南行

茨菰葉爛別西灣，蓮子花開不見還。
妾夢不離江上水，人傳郎在鳳皇山。

# 劉昚虛

劉昚虛（703？～757？）字全乙，洪州新吳（江西靖安）人。開元二十一年進士，曾任校書郎、洛陽尉、夏縣令，有文章盛名，與王昌齡、孟浩然等人相友善。壯歲辭官歸田，寄意山水，今存詩十四首。

## 闕題①

道由白雲盡，春與青溪長。時有落花至，遠隨流水香②。
閑門向山路，深柳讀書堂③。幽映每白日，清輝照衣裳。

①詩題原缺。今廖延平《劉昚虛〈闕題〉詩有題》考證，詩題或為《歸桃源鄉》，詩人描寫隱居洪州建昌桃源里事。

②王士禛《帶經堂詩話》卷三評：如王維「雨中山果落，燈下草蟲鳴」，「明月松間照，清泉石上流」，李白「卻下水晶簾，玲瓏望秋月」，常建「松際露微月，清光猶為君」，孟浩然「樵子暗相失，草蟲寒不聞」，劉昚虛「時有落花至，遠隨流水香」，妙諦微言，與世尊拈花，迦葉微笑，等無差別。通其解者，可語上乘。劉昚虛《海上詩送薛文學歸海東》之「杳眇」、「夷猶」，亦可為詩人風格寫照。

## 九日送人

海上正搖落，客中還別離。同舟去未已，遠送新相知。
流水意何極，滿尊徒爾為。從來菊花節，早已醉東籬。

## 送韓平兼寄郭微

上客夜相過，小童能酤酒。即為臨水處，正值歸雁後。
前路望鄉山，近家見門柳。到時春未暮，風景自應有。
余憶東州人，經年別來久。殷勤為傳語，日夕念攜手。
兼問前寄書，書中復達否？

## 越中問海客

風雨滄洲暮，一帆今始歸。自雲發南海，萬里速如飛。
初謂落何處，永將無所依。冥茫漸西見，山色越中微。
誰念去時遠，人經此路稀。泊舟悲且泣，使我亦沾衣。
浮海焉用說，憶鄉難久違。縱為魯連子，山路有柴扉。

# 無名氏

唐詩流傳千年，某些詩篇作者已不可考，選錄八首。其一，《哥舒歌》，題「西鄙人」，即天寶時西部邊民。其二，湖南長沙銅官窯器皿題詩，見陳尚君輯校《全唐詩補編》下冊之《全唐詩續拾》卷五十六無名氏一百一首又八十八句，暫稱《陶者歌》。其三，《答人》，作者居於終南山，自稱「太上隱者」。其四，《題玉泉溪》，見唐劉燾《樹萱錄》，《全唐詩》題為「湘驛女子」。其五，《水調歌》，收郭茂倩編《樂府詩集》、洪邁編《萬首唐人絕句》，佚名。其六、七，《雜詩》，《全唐詩》卷七八五載無名氏十九首，選其十三、十六。

## 哥舒歌①

北斗七星高，哥舒夜帶刀。至今窺牧馬，不敢過臨洮。

①哥舒翰，唐玄宗朝開邊名將，安史之亂時守潼關，兵敗被俘而死。此詩後兩句，《太平廣記》卷四九五引溫庭筠所記《西鄙人歌》，為「吐蕃總殺卻，更築兩重壕」，似為初本。李白《答王十二寒夜獨酌有懷》：「君不能學哥舒，橫行青海夜帶刀，西屠石堡取紫袍」。

## 陶者歌

君生我未生，我生君已老。君恨我生遲，我恨君生早①。

①今人擴展此詩為十六句，流行於互聯網。六世達賴喇嘛、詩人倉央嘉措（1683～1706）生平波折，曾有詩歌（曾緘譯）：「但曾相見便相知，相見何如不見時？安得與君相訣絕，免教辛苦作相思。」

## 答人

偶來松樹下，高枕石頭眠。山中無曆日，寒盡不知年。

## 題玉泉溪

紅樹醉秋色，碧溪彈夜弦。佳期不可再，風雨杳如年。

## 水調歌

平沙落日大荒西，隴上明星高復低。
孤山幾處看烽火，壯士連營候鼓鼙。

# 雜詩

## 十三

近寒食雨草萋萋，著麥苗風柳映堤。
早是有家歸未得，杜鵑休向耳邊啼。

## 十六

無定河邊暮角聲，赫連臺畔旅人情。
函關歸路千餘里，一夕秋風白髮生。

# 崔曙

崔曙（704？～739）一作崔署，字不詳，少孤貧，居宋州（河南商丘）。開元二十六年以《奉試明堂火珠》詩得名，登進士第一。授河內尉，次年病故，僅留一女名星星，人以為應「曙後一星孤」之句。

## 九日登望仙臺呈劉明府容①

漢文皇帝有高臺，此日登臨曙色開。
三晉雲山皆北向，二陵風雨自東來②。
關門令尹誰能識，河上仙翁去不回③。
且欲近尋彭澤宰，陶然共醉菊花杯。

①河上仙翁，即河上公、河上丈人，西漢文帝時齊地隱士，曾為老子作注《河上公章句》。

②二陵，《左傳・僖公三十二年》載，崤有二陵焉。其南陵，夏后皋之墓也；其北陵，文王之所辟風雨也。

③關門令尹，關指函谷關，令尹指令尹喜。

# 儲光羲

儲光羲（706？～766？）字不詳，郡望兗州，潤州延陵（江蘇丹陽）人。開元十四年進士，初任馮翊尉，安史亂中陷賊，後貶死嶺南。殷璠曾集潤州包融、儲光羲等十八人詩為《丹陽集》。儲光羲《田家雜興》八首、《同王十三維偶然作》十首、《田家即事》等，開唐代田園詩先河。有《儲光羲詩集》。

## 釣魚灣

垂釣綠灣春，春深杏花亂。潭清疑水淺，荷動知魚散。
日暮待情人，維舟綠楊岸。

## 題陸山人樓

暮聲雜初雁，夜色涵早秋。獨見海中月，照君池上樓。
山雲拂高棟，天漢入雲流①。不惜朝光滿，其如千里遊。

①清代趙執信《談龍錄》曰：儲光羲「山雲拂高棟，天漢入雲流」，下句「雲」字定誤，不輕改正可也。

## 田家雜興

種桑百餘樹，種黍三十畝。衣食既有餘，時時會親友。
夏來菰米飯，秋至菊花酒。孺人喜逢迎，稚子解趨走。
日暮閒園裏，團團蔭榆柳。酩酊乘夜歸，涼風吹戶牖。
清淺望河漢，低昂看北斗。數甕猶未開，明朝能飲否？

## 採菱曲①

濁水菱葉肥，清水菱葉鮮。義不遊濁水，志士多苦言。
潮沒具區藪，潦深雲夢田②。朝隨北風去，暮逐南風還。
浦口多漁家，相與邀我船。飯稻以終日，羹蓴將永年。
方冬水物窮，又欲休山樊③。盡室相隨從，所貴無憂患。

①其《野田黃雀行》、《漁父詞》、《牧童詞》、《採菱曲》皆古淡有味。
②區音歐，具區即太湖古稱。
③山樊，山旁，山上茂林。

# 常建

常建（708？～765？）字、里貫不詳，祖籍邢州，或言長安人，誤。開元十五年與王昌齡同登李嶷榜進士，天寶末為盱眙尉。仕宦頗不如意，放浪琴酒，往來終南太白、紫閣諸峰，後隱居鄂州武昌西山，詩招王昌齡、張僨同隱。殷璠編選《河嶽英靈集》，列常建為卷首。有《常建詩集》。

## 題破山寺後禪院①

清晨入古寺，初日照高林。竹徑通幽處，禪房花木深。
山光悅鳥性，潭影空人心。萬籟此都寂，但餘鐘磬音。

①破山寺，始建於南朝齊代，今江蘇常熟虞山興福寺。此詩依殷璠《河嶽英靈集》，通行本「竹徑」作「曲徑」，「此都寂」作「此俱寂」，「但餘」作「唯聞」，不足據。另北宋米芾所書興福寺詩碣，「照高林」作「明高林」。幽深寂寞，全篇皆工，而後人或賞其頷聯，或賞其頸聯，外面皮相。

## 弔王將軍墓

嫖姚北伐時，深入強千里。戰酣落日黃，軍敗鼓聲死[1]。
嘗聞漢飛將，可奪單于壘。今與山鬼鄰，殘兵哭遼水。

①據今傳璇琮《常建考》，王將軍似指唐初清邊道總管王孝傑，神功元年（697）率部討契丹，力戰而死，陳子昂《國殤文》紀此事。

## 塞下曲

玉帛朝回望帝鄉，烏孫歸去不稱王。
天涯靜處無征戰，兵氣銷為日月光。

## 三日尋李九莊

雨歇楊林東渡頭，永和三日蕩輕舟。
故人家在桃花岸，直到門前溪水流。

# 張巡

張巡（708～757）字巡，名不詳，蒲州河東（山西永濟）人，一說鄧州南陽人。開元二十四年進士，天寶中為真源令。天寶十四年十一月安祿山反，張巡聚兵討之，後援戰睢陽，與太守許遠等人苦守經年，城陷不屈而死。李翰《張巡傳》，韓愈《張中丞傳後序》，柳宗元《南霽雲睢陽廟碑》等篇，皆記許遠、張巡等人事蹟。今存詩二首。

## 守睢陽詩

接戰春來苦，孤城日漸危。合圍侔月暈，分守若魚麗。
屢厭黃塵起，時將白羽麾。裹創猶出陣，飲血更登陴。
忠信應難敵，堅貞諒不移。無人報天子，心計欲何施①！

①睢陽即宋州宋中，今河南商丘，隋唐大運河要津，江淮地區樞紐。張巡《聞笛》：「岧嶢試一臨，虜騎附城陰。不辨風塵色，安知天地心。營開邊月近，戰苦陣雲深。旦夕更樓上，遙聞橫笛音。」

# 王諲

王諲（？～？）字、生平不詳，清代徐松《登科記考》記其開元二十五年進士及第，曾官右補闕。然據新出「前鄉貢進士王諲」撰《唐故殿中少監錦州刺史皇甫公墓誌銘並序》，皇甫恂開元十三年薨於錦州任上、十五年葬於華原，則王諲及第當早於開元十五年。開元十二年七月，王皇后被廢為庶人，王諲作《翠羽帳賦》諷帝。

## 除夜①

今歲今宵盡，明年明日催。寒隨一夜去，春逐五更來。
氣色空中改，容顏暗裏回。風光人不覺，已著後園梅。

①一作盛唐史青詩，此據《文苑英華》卷一五八。

# 劉方平

劉方平（？～？）字不詳，河南洛中（河南洛陽）人，高祖劉政會封邢國公。美儀容，工詞賦，善畫山水樹石，皇甫冉《劉方平壁畫山》贊其「墨妙無前，性生筆先。」早年曾應舉、入幕，後辭還隱居汝、穎水邊。蕭穎士天寶中曾推許劉方平「茂異」，李頎、皇甫冉等人相與贈答。令狐楚奉編《御覽詩》，列劉方平為卷首。

## 夜月

更深月色半人家，北斗闌干南斗斜。
今夜偏知春氣暖，蟲聲新透綠窗紗。

## 春怨

紗窗日落漸黃昏，金屋無人見淚痕。
寂寞閒庭春欲晚，梨花滿地不開門。

# 杜甫

杜甫（712～770）字子美，原籍襄陽，其祖遷居洛州鞏縣（河南鞏縣）。杜審言生閒，閒生甫。少貧而篤學，客遊吳、越、齊、趙間。天寶三年，於洛陽結識李白、高適等人。天寶五年入長安，屢試不第，獻賦無功，困頓十年。安史亂起，陷長安，肅宗即位，奔謁，拜左拾遺，旋貶為華州司功參軍。乾元二年，棄官西行，避居秦州、同谷間，家貧不自給。會嚴武節度劍南西川，往依焉，營草堂於成都浣花溪，後表為檢校工部員外郎。永泰元年離嚴武幕，流寓劍南，客耒陽，遊岳祠，卒於湘江舟中，其孫杜嗣業歸葬偃師首陽山下杜審言墓旁。杜甫生當開元盛世，放曠清狂，好論天下大事，有志於「致君堯舜上，再使風俗淳」。然壯年時政治漸趨黑暗，困居長安，至安史之亂，漂泊西南，歌詩傷時憂弱，慷慨悲壯，如「三吏三別」、「秦州雜詩」、「秋興八首」等，後稱「詩史」。作詩態度嚴肅，熔鑄古今，相容並包，氣象萬千，「為人性僻耽佳句」，「新詩改罷自長吟」，無體不妙，尤擅古體和五、七律，公稱「詩聖」，近人梁啟超亦譽「情聖」。唐代《杜工部文集》六十卷早佚，北宋王洙輯有《杜工部集》，後人箋注極多，如仇兆鼇《杜詩詳注》、錢謙益《錢注杜詩》、楊倫《杜詩鏡銓》和浦起龍《讀杜心解》。

## 絕句

### 其一

遲日江山麗，春風花草香。泥融飛燕子，沙暖睡鴛鴦。

### 其二

江碧鳥逾白，山青花欲然①。今春看又過，何日是歸年？

①然，燃。虞世南《發營逢雨應詔》有「隴麥沾逾翠，山花濕更然」，《侍宴賦韻得前應詔詩》有「橫空一鳥渡，照水百花然」。

## 畫鷹

素練風霜起，蒼鷹畫作殊①。㩳身思狡兔，側目似愁胡②。
絛鏇光堪摘，軒楹勢可呼③。何當擊凡鳥，毛血灑平蕪。

①此為杜甫早年詩作，可與其《楊監又出畫鷹十二扇》、南宋蘇泂《題司馬提舉畫鷹》、明代徐渭《畫鷹》（閩南縞練光浮膩，）對讀。

②㩳音聳，又作㧐、竦，㩳身即挺身、直立；愁胡，猢猻常作蹙眉愁思狀，故稱愁胡，西晉孫楚《鷹賦》有「深目蛾眉，狀如愁胡」。

③鏇音絢，拱、弧形器物；絛鏇光堪摘，指系鷹之絲繩和金屬架光鮮可拿。

## 登兗州城樓

東郡趨庭日[①]，南樓縱目初。浮雲連海岱，平野入青徐。
孤嶂秦碑在，荒城魯殿餘[②]。從來多古意，臨眺獨躊躇。

①趨庭，典出《論語・季氏》：（孔子）嘗獨立，（其子）鯉趨而過庭。曰：「學詩乎？」對曰：「未也。」「不學詩，無以言」鯉退而學詩。後以「趨庭」指承受父教。此是杜甫冠年初遊齊趙所作，其父杜閒時為兗州司馬。

②海岱，東海、泰山；青徐，兗州北、南之青州、徐州；秦碑，秦始皇刻石嶧峰；魯殿，漢代魯國曲阜靈光殿：以上皆兗州周邊山水風物。

## 月夜

今夜鄜州月，閨中只獨看。遙憐小兒女，未解憶長安。
香霧雲鬟濕，清輝玉臂寒。何時倚虛幌，雙照淚痕乾[①]。

①安史之亂爆發，杜甫安置家室於長安北部鄜州，投奔新帝肅宗途中被叛軍抓回長安。香霧雲鬟，清輝玉臂，亂世苦語，而以清詞麗句寫之。

## 春望

國破山河在，城春草木深。感時花濺淚，恨別鳥驚人。
烽火連三月，家書抵萬金。白頭搔更短，渾欲不勝簪。

## 倦夜

竹涼侵臥內，野月滿庭隅。重露成涓滴，稀星乍有無①。
暗飛螢自照，水宿鳥相呼②。萬事干戈裏，空悲清夜徂。

①此聯頗能窮物理之變，探造化之微。
②頸聯一作「飛螢自照水，宿鳥競相呼」，似為初稿。

## 對雪

戰哭多新鬼，愁吟獨老翁。亂雲低薄暮，急雪舞回風。
瓢棄尊無綠，爐存火似紅。數州消息斷，愁坐正書空。

## 江亭

坦腹江亭暖，長吟野望時。水流心不競，雲在意俱遲。
寂寂春將晚，欣欣物自私。故林歸未得，排悶強裁詩。

## 孤雁

孤雁不飲啄，飛鳴聲念群。誰憐一片影，相失萬重雲。
望盡似猶見，哀多如更聞。野鴉無意緒，鳴噪自紛紛①。

①唐人詠雁，多指節序或書信。杜甫孤雁，既寫雁，兼寫人。晚唐崔塗《孤雁》、北宋梅堯臣《聞雁》、高啟《孤雁》，亦詠雁托志，刻畫精巧。

## 旅夜書懷

細草微風夜，危檣獨夜舟。星垂平野闊，月湧大江流[①]。
名豈文章著，官應老病休。飄零何所似？天地一沙鷗。

①此聯與李白《渡荆門送別》之「山隨平野盡，江入大荒流」，適與手會，各造勝境。馬戴《楚江懷古》之「列宿分窮野，空流注大荒」，則襲貌遺神，意興索然。

## 登岳陽樓[①]

昔聞洞庭水，今上岳陽樓。吳楚東南坼，乾坤日夜浮。
親朋無一字，老病有孤舟。戎馬關山北，憑軒涕泗流。

①此詩與范仲淹《岳陽樓記》並為題詠岳陽樓佳作，胡應麟《詩藪》推此詩為盛唐五律第一。

## 江漢

江漢思歸客，乾坤一腐儒。片雲天共遠，永夜月同孤。
落日心猶壯，秋風病欲蘇。古來存老馬，不必取長途。

## 月夜憶舍弟

戍鼓斷人行，邊秋一雁聲。露從今夜白，月是故鄉明[①]。
有弟皆分散，無家問死生。寄書長不達，況乃未休兵。

①「露從今夜白，月是故鄉明」，即「白露從今夜，明月是故鄉」。

## 春日憶李白[①]

白也詩無敵，飄然思不群。清新庾開府，俊逸鮑參軍。
渭北春天樹，江東日暮雲。何時一尊酒，重與細論文？

①天寶三年（744），杜甫與李白在洛陽相遇，遊開封、商丘、東魯。南朝沈約《別范安成》，亦情真意切：「生平少年日，分手易前期。及爾同衰暮，非復別離時。勿言一尊酒，明日難重持。夢中不識路，何以慰相思？」杜甫尚有《不見》、《贈李白》、《夢李白》、《冬日有懷李白》、《天末懷李白》、《寄李十二白二十韻》等詩十餘首。

## 水檻遣心

去郭軒楹敞，無村眺望賒。澄江平少岸，幽樹晚多花。
細雨魚兒出，微風燕子斜。城中十萬戶，此地兩三家。

## 春夜喜雨

好雨知時節，當春乃發生。隨風潛入夜，潤物細無聲。
野徑雲俱黑，江船火獨明。曉看紅濕處，花重錦官城。

## 遣意

囀枝黃鳥近，泛渚白鷗輕。一徑野花落，孤村春水生。
衰年催釀黍，細雨更移橙。漸喜交遊絕，幽居不用名。

## 送遠

帶甲滿天地，胡為君遠行？親朋盡一哭，鞍馬去孤城。
草木歲月晚，關河霜雪清。別離已昨日，因見古人情[①]。

①江淹《古別離》有「送君如昨日」；《別賦》有「春草碧色，春水淥波，送君南浦，傷如之何」；「黯然銷魂者，唯別而已矣」：皆淒折無限。

## 秦州雜詩

### 其五

南使宜天馬，由來萬匹強。浮雲連陣沒，秋草遍山長。
聞說真龍種，仍殘老驌驦。哀鳴思戰鬥，迥立向蒼蒼。

### 其七

莽莽萬重山，孤城山谷間。無風雲出塞，不夜月臨關。
屬國歸何晚，樓蘭斬未還。煙塵一長望，衰颯正摧顏。

## 夜宴左氏莊

風林纖月落[①]，衣露淨琴張。暗水流花徑，春星帶草堂。
檢書燒燭短，看劍飲杯長。詩罷聞吳詠，扁舟意不忘。

①「風林」，錢謙益改作「林風」，拙。此詩與「望嶽」、「畫鷹」等皆為杜甫早年之作。

## 前出塞

挽弓當挽強，用箭當用長。射人先射馬，擒賊先擒王。
殺人亦有限，列國自有疆。苟能制侵陵，豈在多殺傷？

## 望嶽

岱宗夫如何？齊魯青未了。造化鐘神秀，陰陽割昏曉。
蕩胸生曾雲，決眥入歸鳥[①]。會當淩絕頂，一覽眾山小[②]。

①曾同層；眥音資，同眥，眼角，決眥即睜大眼睛。
②《孟子・盡心》：「孔子登東山而小魯，登太山而小天下。」

# 羌村三首①

## 其一

崢嶸赤雲西，日腳下平地。柴門鳥雀噪，歸客千里至。
妻孥怪我在，驚定還拭淚。世亂遭飄蕩，生還偶然遂。
鄰人滿牆頭，感歎亦歔欷。夜闌更秉燭，相對如夢寐②。

## 其二

晚歲迫偷生，還家少歡趣。嬌兒不離膝，畏我復卻去。
憶昔好追涼，故繞池邊樹。蕭蕭北風勁，撫事煎百慮。
賴知禾黍收，已覺糟牀注。如今足斟酌，且用慰遲暮。

## 其三

群雞正亂叫，客至雞鬥爭。驅雞上樹木，始聞叩柴荊。
父老四五人，問我久遠行。手中各有攜，傾榼濁復清③。
苦辭酒味薄，黍地無人耕。兵革既未息，兒童盡東征。
請為父老歌，艱難愧深情。歌罷仰天歎，四座淚縱橫。

①至德二年（757）閏八月，杜甫自鳳翔北行，歷經離亂，終至鄜州羌村與家小相聚，可與同時之作《北征》、《乾元中寓居同谷縣作歌七首》即《同谷七歌》參讀。此三篇娓娓道來，樸實無華，而筆力高古，情詞並至。

②北宋晏幾道《鷓鴣天》有「今宵剩把銀釭照，猶恐相逢是夢中」，黃庭堅《謁金門》亦有「兄弟燈前家萬里，相看如夢寐」。

③榼音科，酒具。

# 自京赴奉先縣詠懷五百字

杜陵有布衣，老大意轉拙。許身一何愚？竊比稷與契。
居然成濩落，白首甘契闊[①]。蓋棺事則已，此志常覬豁。
窮年憂黎元，歎息腸內熱。取笑同學翁，浩歌彌激烈。
非無江海志，蕭灑送日月。生逢堯舜君，不忍便永訣。
當今廊廟具，構廈豈云缺。葵藿傾太陽，物性固莫奪。
顧惟螻蟻輩，但自求其穴。胡為慕大鯨，輒擬偃溟渤。
以茲誤生理，獨恥事干謁。兀兀遂至今，忍為塵埃沒。
終愧巢與由，未能易其節。沉飲聊自適，放歌頗愁絕。
歲暮百草零，疾風高岡裂。天衢陰崢嶸，客子中夜發。
霜嚴衣帶斷，指直不得結。淩晨過驪山，御榻在嵽嵲[②]。
蚩尤塞寒空，蹴蹋崖谷滑。瑤池氣鬱律，羽林相摩戛。
君臣留歡娛，樂動殷膠葛。賜浴皆長纓，與宴非短褐。
彤庭所分帛，本自寒女出。鞭撻其夫家，聚斂貢城闕。
聖人筐篚恩，實欲邦國活。臣如忽至理，君豈棄此物。
多士盈朝廷，仁者宜戰慄。況聞內金盤，盡在衛霍室。
中堂舞神仙，煙霧蒙玉質。暖客貂鼠裘，悲管逐清瑟。
勸客駝蹄羹，霜橙壓香橘。朱門酒肉臭，路有凍死骨[③]。
榮枯咫尺異，惆悵難再述。北轅就涇渭，官渡又改轍。
群水從西下，極目高崒兀。疑是崆峒來，恐觸天柱折。
河梁幸未坼，枝撐聲窸窣[④]。行旅相攀援，川廣不可越。
老妻寄異縣，十口隔風雪。誰能久不顧，庶往共饑渴。

入門聞號啕，幼子餓已卒。吾寧捨一哀，里巷亦嗚咽。
所愧為人父，無食致夭折。豈知秋禾登，貧窶有倉卒。
生常免租稅，名不隸征伐。撫跡猶酸辛，平人固騷屑[5]。
默思失業徒，因念遠戍卒。憂端齊終南，澒洞不可掇[6]。

①濩音戶，濩落即瓠落，若大而無用之瓠（葫蘆）；契闊，辛勞。
②嵽嵲音第聶，山之高峻，此指驪山。
③「朱門酒肉臭，路有凍死骨。」千載之後讀之，悲憤難平！
④崒音族，崒兀，高峻。
⑤騷屑，紛擾不安。
⑥此詩寫於天寶十四年（755）十月初，時亂象四出，而文恬武嬉，十一月安史之亂爆發，可與至德二年（757）長詩《北征》、李商隱《行次西郊一百韻》對讀。

## 佳人

絕代有佳人，幽居在空谷[1]。自云良家女，零落依草木。
關中昔喪亂，兄弟遭殺戮。官高何足論，不得收骨肉。
世情惡衰歇，萬事隨轉燭。夫婿輕薄兒，新人美如玉。
合昏尚知時，鴛鴦不獨宿。但見新人笑，那聞舊人哭？
在山泉水清，出山泉水濁。侍婢賣珠回，牽蘿補茅屋。
摘花不插髮，採柏動盈掬。天寒翠袖薄，日暮倚修竹。

①三國魏曹植《雜詩》七首之四，亦詠佳人。杜詩有時世之慟，而曹詩為身世之歎。

## 贈衛八處士

人生不相見，動如參與商①。今夕復何夕，共此燈燭光？
少壯能幾時，鬢髮各已蒼。訪舊半為鬼，驚呼熱中腸。
焉知二十載，重上君子堂。昔別君未婚，兒女忽成行。
怡然敬父執，問我來何方？問答乃未已，驅兒羅酒漿。
夜雨剪春韭，新炊間黃粱。主稱會面難，一舉累十觴。
十觴亦不醉，感子故意長。明日隔山嶽，世事兩茫茫②。

①參、商兩星，東、西相對，此出彼沒。
②全詩如風行水上，自然成文，而人生況味，一一道出。

## 後出塞

朝進東門營，暮上河陽橋。落日照大旗，馬鳴風蕭蕭。
平沙列萬幕，部伍各見招。中天懸明月，令嚴夜寂寥。
悲笳數聲動，壯士慘不驕。借問大將誰？恐是霍嫖姚。

## 夢李白

### 其一

死別已吞聲，生別常惻惻。江南瘴癘地，逐客無消息。
故人入我夢，明我常相憶。恐非平生魂，路遠不可測。

魂來楓林青，魂返關塞黑。君今在羅網，何以有羽翼。
落月滿屋樑，猶疑照顏色。水深波浪闊，無使蛟龍得。

### 其二

浮雲終日行，遊子久不至。三夜頻夢君，情親見君意。
告歸常局促，苦道來不易。江湖多風波，舟楫恐失墜。
出門搔白首，若負平生志。冠蓋滿京華，斯人獨憔悴。
孰云網恢恢，將老身反累。千秋萬歲名，寂寞身後事。

## 石壕吏

暮投石壕村，有吏夜捉人。老翁逾牆走，老婦出門看。
吏呼一何怒，婦啼一何苦。聽婦前致詞：三男鄴城戍，
一男附書至，二男新戰死。存者且偷生，死者長已矣。
室中更無人，唯有乳下孫。有孫母未去，出入無完裙。
老嫗力雖衰，請從吏夜歸。急應河陽役，猶得備晨炊。
夜久語聲絕，如聞泣幽咽。天明登前途，獨與老翁別①。

①乾元二年（759），杜甫作《新安吏》、《潼關吏》、《石壕吏》，《新婚別》、《垂老別》、《無家別》，即「三吏」、「三別」。客觀記錄，不著一評，而情事畢現，悲愴莫名。清代袁枚《馬嵬驛》：「莫唱當年長恨歌，人間亦自有銀河。石壕村裏夫妻別，淚比長生殿上多。」

# 新婚別

兔絲附蓬麻，引蔓故不長①。嫁女與征夫，不如棄路旁。
結髮為君妻，席不暖君牀②。暮婚晨告別，無乃太匆忙。
君行雖不遠，守邊赴河陽。妾身未分明，何以拜姑嫜。
父母養我時，日夜令我藏。生女有所歸，雞狗亦得將。
君今往死地，沉痛迫中腸。誓欲隨君去，形勢反蒼黃。
勿為新婚念，努力事戎行。婦人在軍中，兵氣恐不揚。
自嗟貧家女，久致羅襦裳。羅襦不復施，對君洗紅妝。
仰視百鳥飛，大小必雙翔。人事多錯迕，與君永相望！

①古詩十九首之《冉冉孤生竹》有句：「冉冉孤生竹，結根泰山阿。與君為新婚，菟絲附女蘿。……」

②王夫之《唐詩評選》稱，「結髮」二句、「君行」兩句、「君今」四句亦可刪除。

# 奉贈韋左丞丈二十二韻①

紈袴不餓死，儒冠多誤身。丈人試靜聽，賤子請具陳：
甫昔少年日，早充觀國賓。讀書破萬卷，下筆如有神。
賦料揚雄敵，詩看子建親。李邕求識面，王翰願卜鄰。
自謂頗挺出，立登要路津。致君堯舜上，再使風俗淳。
此意竟蕭條，行歌非隱淪。騎驢三十載，旅食京華春。
朝扣富兒門，暮隨肥馬塵。殘杯與冷炙，到處潛悲辛。
主上頃見徵，欻然欲求伸。青冥卻垂翅，蹭蹬無縱鱗。
甚愧丈人厚，甚知丈人真。每於百僚上，猥誦佳句新。

竊效貢公喜，難甘原憲貧[②]。焉能心怏怏，只是走踆踆[③]。
今欲東入海，即將西去秦。尚憐終南山，回首清渭濱。
常擬報一飯，況懷辭大臣？白鷗沒浩蕩，萬里誰能馴。

①此詩編年一般定為天寶七年，據新出土京兆韋府君（濟）墓誌銘，韋濟天寶九年（750）由河南尹遷尚書左丞，該詩應作於天寶十年正月，杜甫應制舉不第三年後。
②貢公，西漢貢禹。《漢書・王貢兩龔鮑傳》：王吉與貢禹為友，世稱「王陽在位，貢公彈冠」，言其取捨同也。杜甫期待韋左丞濟能薦拔自己。原憲，孔子弟子，家境清寒，而個性狷介，安貧樂道。
③踆音逡，踆踆，忽走忽停狀。

## 寄李十二白二十韻

昔年有狂客，號爾謫仙人。筆落驚風雨，詩成泣鬼神。
聲名從此大，汨沒一朝伸。文彩承殊渥，流傳必絕倫。
龍舟移棹晚，獸錦奪袍新。白日來深殿，青雲滿後塵。
乞歸優詔許，遇我宿心親。未負幽棲志，兼全寵辱身。
劇談憐野逸，嗜酒見天真。醉舞梁園夜，行歌泗水春。
才高心不展，道屈善無鄰。處士禰衡俊，諸生原憲貧。
稻粱求未足，薏苡謗何頻。五嶺炎蒸地，三危放逐臣。
幾年遭鵩鳥，獨泣向麒麟。蘇武先還漢，黃公豈事秦。
楚筵辭醴日，梁獄上書辰[①]。已用當時法，誰將此義陳。
老吟秋月下，病起暮江濱。莫怪恩波隔，乘槎與問津。

①薏苡、五嶺、三危、鵩（音服）鳥、麒麟、梁獄，諸典故皆杜甫為李白入幕永王、無辜而系獄潯陽、流放夜郎而感憤。

## 絕句

兩個黃鸝鳴翠柳，一行白鷺上青天。
窗含西嶺千秋雪，門泊東吳萬里船。

## 江畔獨步尋花

黃四娘家花滿蹊，千朵萬朵壓枝低。
留連戲蝶時時舞，自在嬌鶯恰恰啼①。

①原作七首，選其六。全詩寫成都西郊浣花溪畔賞心樂事，脈絡清楚，層次井然，深情淺趣，風致天成。

## 贈花卿①

錦城絲管日紛紛，半入江風半入雲。
此曲只應天上有，人間能得幾回聞？

①花卿指花敬定，成都尹崔光遠部將，曾平定段子璋之亂，但居功自傲，驕恣不法。可參讀杜甫《戲作花卿歌》。人間能得幾回聞，諷之譽之？

## 三絕句

### 其一

前年渝州殺刺史，今年開州殺刺史。
群盜相隨劇虎狼，食人更肯留妻子？

### 其二

二十一家同入蜀，唯殘一人出駱谷。
自說二女齧臂時，回頭卻向秦雲哭。

### 其三

殿前兵馬雖驍雄，縱暴略與羌渾同。
聞道殺人漢水上，婦女多在官軍中。

## 江南逢李龜年

岐王宅裏尋常見，崔九堂前幾度聞。
正是江南好風景，落花時節又逢君[①]。

①岐王指唐睿宗第四子李隆範（後名李範），初封鄭王，睿宗復位，進封岐王，開元初任太子少師、絳、鄭、岐三州刺史。崔九指崔滌，中書令崔湜之弟，玄宗時曾任殿中監，出入禁中，深得寵倖。此首雖佳，然為舊格熟言，不若其他作品，避熟就生。

## 曲江對雨

城上春雲覆苑牆，江亭晚色靜年芳。
林花著雨燕支濕，水荇牽風翠帶長[①]。
龍武新軍深駐輦，芙蓉別殿謾焚香。
何時詔此金錢會，暫醉佳人錦瑟旁[②]。

①「燕支濕」一作「燕脂落」。
②「暫醉佳人錦瑟旁」，老杜竟有此綺語？夫子韓愈亦有《感春》之「豔姬蹋筵舞，清眸刺劍戟」，《酒中留上襄陽李相公》之「銀燭未銷窗送曙，金釵半醉座添春。」

## 九日藍田崔氏莊[①]

老去悲秋強自寬，興來今日盡君歡。
羞將短髮還吹帽，笑倩旁人為正冠。
藍水遠從千澗落，玉山高並兩峰寒。
明年此會知誰健，醉把茱萸仔細看。

①楊萬里等人推此詩為杜律第一，而胡震亨等人則認為劣甚。晚唐唐彥謙為詩初學溫、李，後效杜甫，如《高平九日》：「雲淨南山紫翠浮，憑陵絕頂望悠悠。偶逢佳節牽詩興，漫把芳尊遣客愁。霜染鴉楓迎日醉，寒沖涇水帶冰流。烏紗頻岸西風裏，笑插黃花滿鬢秋。」

# 曲江

## 其一

一片花飛減卻春，風飄萬點正愁人。
且看欲盡花經眼，莫厭傷多酒入唇。
江上小堂巢翡翠，苑邊高塚臥麒麟。
細推物理須行樂，何用浮名絆此身。

## 其二

朝回日日典春衣，每日江頭盡醉歸。
酒債尋常行處有，人生七十古來稀①。
穿花蛺蝶深深見，點水蜻蜓款款飛。
傳語風光共流轉，暫時相賞莫相違。

①尋常，普通。但古代尋、常又為度量單位，八尺為尋，倍尋為常，杜甫借用此義，「尋常」與「七十」相對為工。杜甫生計常艱，而能解嘲。「囊空恐羞澀，留得一錢看。」

## 蜀相

丞相祠堂何處尋？錦官城外柏森森。
映階碧草自春色，隔葉黃鸝空好音[①]。
三顧頻煩天下計，兩朝開濟老臣心。
出師未捷身先死，長使英雄淚沾襟。

①今周汝昌《千秋一寸心》評：庭草自春，何關人事？新鶯空囀，只益傷情。而當時華夏烽煙，蒼生水火！老杜一片詩心，全在此聯凝結。

## 又呈吳郎

堂前撲棗任西鄰，無食無兒一婦人。
不為困窮寧有此，只緣恐懼轉須親。
即防遠客雖多事，便插疏籬卻甚真。
已訴徵求貧到骨，正思戎馬淚沾巾[①]。

①此為杜甫白話體七律，杜甫此前有《簡吳郎司法》。中間兩聯連用「不」、「寧」、「只」、「轉」、「即」、「雖」、「便」、「卻」八虛字，一氣斡旋，委曲盡致。

## 賓至

幽棲地僻經過少，老病人扶再拜難。
豈有文章驚海內，漫勞車馬駐江干①。
竟日淹留佳客坐，百年粗糲腐儒餐。
不嫌野外無供給，乘興還來看藥欄。

①傲岸之態可掬，嘲諷之意自見。其《客至》之「花徑不曾緣客掃，蓬門今始為君開」，則喜形於色，賓主盡歡。

## 秋興①

### 其一

玉露凋傷楓樹林，巫山巫峽氣蕭森。
江間波浪兼天湧，塞上風雲接地陰。
叢菊兩開他日淚，孤舟一系故園心。
寒衣處處催刀尺，白帝城高急暮砧。

### 其二

夔府孤城落日斜，每依南斗望京華。
聽猿實下三聲淚，奉使虛隨八月槎②。
畫省香爐違伏枕③，山樓粉堞隱悲笳。
請看石上藤蘿月，已映洲前蘆荻花。

**其三**

千家山郭靜朝暉，日日江樓坐翠微。
信宿漁人還泛泛，清秋燕子故飛飛。
匡衡抗疏功名薄，劉向傳經心事違④。
同學少年多不賤，五陵裘馬自輕肥⑤。

**其四**

聞道長安似弈棋，百年世事不勝悲。
王侯第宅皆新主，文武衣冠異昔時。
直北關山金鼓震，征西車馬羽書馳⑥。
魚龍寂寞秋江冷，故國平居有所思。

**其五**

蓬萊宮闕對南山，承露金莖霄漢間。
西望瑤池降王母，東來紫氣滿函關。
雲移雉尾開宮扇，日繞龍鱗識聖顏。
一臥滄江驚歲晚，幾回青瑣點朝班。

**其六**

瞿塘峽口曲江頭，萬里風煙接素秋。
花萼夾城通御氣，芙蓉小苑入邊愁。
珠簾繡柱圍黃鵠，錦纜牙檣起白鷗。
回首可憐歌舞地，秦中自古帝王州。

## 其七

昆明池水漢時功，武帝旌旗在眼中。
織女機絲虛夜月，石鯨鱗甲動秋風⑦。
波飄菰米沉雲黑，露冷蓮房墜粉紅。
關塞極天唯鳥道，江湖滿地一漁翁。

## 其八

昆吾御宿自逶迤，紫閣峰陰入美陂。
香稻啄餘鸚鵡粒，碧梧棲老鳳皇枝⑧。
佳人拾翠春相問，仙侶同舟晚更移。
彩筆昔曾干氣象，白頭吟望苦低垂。

①原作八首，杜甫大曆元年（766）秋滯留夔州時慘澹經營之作。沈德潛《唐詩別裁集》評：懷鄉戀闕，弔古傷今，杜老生平俱於見此。其才氣之大，筆才之高，天風海濤，金鐘大鏞，莫能擬其所到。章句解析，詳見今葉嘉瑩《杜甫秋興八首集說》。

②三聲淚，語出北魏酈道元《水經注・江水》引漁者歌「巴東三峽巫峽長，猿鳴三聲淚沾裳」。奉使，指杜甫，杜甫廣德二年（764）曾任劍南節度使嚴武幕府節度參謀、檢校工部員外郎，唐時外官寄銜中央臺省者皆可稱使臣。八月槎，張騫出使西域本無乘槎史實，張華《博物志》等有張騫乘槎溯河、天河八月槎等傳說，杜甫奉使之職、返京之望皆虛而不實。

③漢尚書省署中用胡粉塗壁，圖畫古賢，故畫省、粉署代之尚書省。杜甫曾任門下省（左省、左掖）左拾遺、檢校工部員外郎均非畫省，畫省當指杜甫希望引薦入京任職尚書省，而意願落空，故托詞衰病「伏枕」。

④匡衡、劉向，皆西漢宣帝、元帝、成帝時人。漢元帝時，匡衡數上疏極諫，頗受信任，官至丞相。成帝即位，匡衡又上奏疏，因被彈劾，貶為庶人。漢宣帝曾令劉向講論五經於石渠，劉向亦曾數上疏極諫而下獄，成帝時受詔命校書近二十年。杜甫亦曾獻賦、上疏，但未得重用，反遭貶斥，功名薄、心事違，杜甫自慨。

⑤「五陵衣馬」一作「五陵裘馬」；輕肥，《論語・雍也》有「乘肥馬，衣輕裘」，指豪奢生活。

⑥直北關山指長安之北回紇內侵，征西車馬謂吐蕃入寇。

⑦織女，東漢班固《西都賦》敍昆明池，「左牽牛而右織女，似雲漢之無涯」。石鯨，東晉葛洪《西京雜記》卷一載，昆明池刻玉石為魚，每至雷雨，魚常鳴吼，鬐尾皆動，石魚今藏陝西歷史博物館。此聯寫昔曾宴樂繁華，今已荒煙野草。

⑧「香稻」一作「紅豆」。香稻、碧梧不只語序前置，亦為突出詩意。

## 登高①

風急天高猿嘯哀，渚清沙白鳥飛回。
無邊落木蕭蕭下，不盡長江滾滾來。
萬里悲秋常作客，百年多病獨登臺。
艱難苦恨繁霜鬢，潦倒新停濁酒杯。

①寫景蘊藉壯闊，言情悲涼悱惻。明代李東陽《麓堂詩話》譽為律詩絕唱，胡應麟《詩藪・內編》卷五推為七律第一，而鄭善夫《杜詩通》曰「起結語皆逗滯，節促而興淺」，沈德潛《杜詩偶評》曰「結句意盡語竭」。王世貞《藝苑卮言》卷四稱此詩結語微弱，《秋興》之「玉露凋傷」、《九日藍田崔氏莊》（老去悲秋）斤兩不足，《秋興》之「昆明池水」惜多平調，然七律第一當於此四章求之。

## 送韓十四江東覲省

兵戈不見老萊衣，歎息人間萬事非。
我已無家尋弟妹，君今何處訪庭闈？
黃牛峽靜灘聲轉，白馬江寒樹影稀。
此別應須各努力，故鄉猶恐未同歸。

## 閣夜

歲暮陰陽催短景，天涯霜雪霽寒宵。
五更鼓角聲悲壯，三峽星河影動搖[①]。
野哭千家聞戰伐，夷歌數處起漁樵。
臥龍躍馬終黃土[②]，人事音書漫寂寥。

①杜甫寓居夔州西閣所作。蘇軾《東坡題跋》稱，杜甫此聯與「旌旗日暖龍蛇動，宮殿風微燕雀高」為七言之偉麗者，爾後寂寞無聞焉。
②臥龍躍馬，指諸葛亮、公孫述，左思《蜀都賦》云「公孫躍馬而稱帝」。

## 江上值水如海聊短述

為人性僻耽佳句，語不驚人死不休。
老去詩篇渾漫與，春來花鳥莫深愁。
新添水檻供垂釣，故著浮槎替入舟。
焉得思如陶謝手，令渠述作與同遊。

## 詠懷古跡[①]

### 其一

支離東北風塵際，漂泊西南天地間。
三峽樓臺淹日月，五溪衣服共雲山。

羯胡事主終無賴，詞客哀時且未還。
庾信平生最蕭瑟，暮年詩賦動江關。

### 其二

搖落深知宋玉悲，風流儒雅亦吾師。
悵望千秋一灑淚，蕭條異代不同時[2]。
江山故宅空文藻，雲雨荒臺豈夢思。
最是楚宮俱泯滅，舟人指點到今疑。

### 其三

群山萬壑赴荊門，生長明妃尚有村[3]。
一去紫臺連朔漠，獨留青塚向黃昏。
畫圖省識春風面，環珮空歸月夜魂。
千載琵琶作胡語，分明怨恨曲中論。

### 其四

蜀主窺吳幸三峽，崩年亦在永安宮。
翠華想像空山裏，玉殿虛無野寺中。
古廟杉松巢水鶴，歲時伏臘走村翁。
武侯祠堂常鄰近，一體君臣祭祀同。

## 其五

諸葛大名垂宇宙，宗臣遺像肅清高。
三分割據紆籌策，萬古雲霄一羽毛。
伯仲之間見伊呂，指揮若定失蕭曹。
運移漢祚難恢復，志決身殲軍務勞。

①原作五首，乃杜甫分詠庾信故居、宋玉宅、昭君村、永安宮、武侯祠等古跡。五首順序自江陵至夔州，然與杜甫行蹤相反，當為杜甫居江陵時所作。今高陽《說杜甫詩一首》以為，庾信開府荊州，曾葺江陵宋玉故宅以居，故庾信、宋玉故居實為一處，而詠宋玉又及荒臺、楚宮二處，且所詠皆客死他鄉、賚志以沒之人，由此杜甫雖懷五人，寄託則一：傷漂泊，悲失志！杜甫詠宋玉，視庾信、宋玉為師，然秭歸有屈原宅，何不及屈原？
②杜詩亦有敗句，如「異代」、「不同時」，同義重復。
③荊門，指楚、豫之間荊山，王昭君故鄉秭歸在荊山西南。明妃，指王嬙王昭君，晉代因避司馬昭諱改稱明君。頷聯寫明妃故國生嫁，而死葬他鄉；頸聯寫明妃音容栩栩如生，而物在人亡。此詩風流搖曳，杜詩之極有韻致者。

## 客至

舍南舍北皆春水，但見群鷗日日來。
花徑不曾緣客掃，蓬門今始為君開。
盤飧市遠無兼味，尊酒家貧只舊醅。
肯與鄰翁相對飲，隔籬呼取盡餘杯。

## 宿府

清秋幕府井梧寒，獨宿江城蠟炬殘。
永夜角聲悲自語，中庭月色好誰看。
風塵荏苒音書絕，關塞蕭條行路難。
已忍伶俜十年事，強移棲息一枝安①。

①宿府指宿於嚴武幕府。一枝，《莊子・逍遙遊》有「鷦鷯巢於深林，不過一枝。」亦如李義府詠烏：「上林多許樹，不借一枝棲？」

## 江村

清江一曲抱村流，長夏江村事事幽。
自去自來堂上燕，相親相近水中鷗。
老妻畫紙成棋局，稚子敲針作釣鉤①。
多病所須唯藥物②，微軀此外更何求！

①其《進艇》亦有：「晝引老妻乘小艇，晴看稚子浴江濱」。
②此句一作「但有故人供祿米」。

## 和裴迪登蜀州東亭送客逢早梅相憶見寄

東閣官梅動詩興，還如何遜在揚州。
此時對雪遙相憶，送客逢春可自由？
幸不折來傷歲暮，若為看去亂鄉愁。
江邊一樹垂垂發，朝夕催人自白頭。

## 送路六侍御入朝

童稚情親四十年，中間消息兩茫然。
更為後會知何地？忽漫相逢是別筵！
不分桃花紅似錦，生憎柳絮白於綿。
劍南春色還無賴，觸忤愁人到酒邊。

## 恨別

洛城一別四千里，胡騎長驅五六年①。
草木變衰行劍外，兵戈阻絕老江邊。
思家步月清宵立，憶弟看雲白日眠。
聞道河陽近乘勝，司徒急為破幽燕。

①起句一作「洛城一別三千里，胡騎長驅六七年」。

## 聞官軍收河南河北

劍外忽傳收薊北，初聞涕淚滿衣裳。
卻看妻子愁何在，漫捲詩書喜欲狂。
白日放歌須縱酒，青春作伴好還鄉。
即從巴峽穿巫峽①，便下襄陽向洛陽。

①廣德元年作於梓州（四川三臺）。感極則悲，喜極而泣。此為杜甫生平第一暢快之作，可與李白《朝發白帝城》對讀。

## 登樓

花近高樓傷客心[①]，萬方多難此登臨。
錦江春色來天地，玉壘浮雲變古今。
北極朝廷終不改，西山寇盜莫相侵[②]。
可憐後主還祠廟，日暮聊為梁甫吟。

①今林庚以為，許多詩作，只有一句好，若「花近高樓傷客心」，「玉露凋傷楓樹林」，「滄海月明珠有淚」。
②北極，北極星，喻唐朝；西山寇盜，指吐蕃。

## 小寒食舟中作[①]

佳辰強飲食猶寒，隱几蕭條帶鶡冠。
春水船如天上坐，老年花似霧中看。
娟娟戲蝶過閒幔，片片輕鷗下急湍。
雲白山青萬餘里，愁看西北是長安。

①此詩作於大曆五年春天，杜甫時漂泊潭州，同年夏秋去世。

## 悲陳陶

孟冬十郡良家子，血作陳陶澤中水①。
野曠天清無戰聲，四萬義軍同日死。
群胡歸來血洗箭，仍唱胡歌飲都市。
都人回面向北啼，日夜更望官軍至。

①慘澹龍蛇日鬥爭，干戈直欲盡生靈。陳陶，又名陳陶斜、陳濤斜，在長安西北。唐肅宗至德元年（756）十月，宰相房管率新召義軍討伐安史叛軍，與叛軍戰於陳陶斜、青阪，戰死四萬余人，全軍幾乎覆沒，杜甫《悲陳陶》、《悲青阪》敍此事。

## 縛雞行①

小奴縛雞向市賣，雞被縛急相喧爭。
家中厭雞食蟲蟻，不知雞賣還遭烹。
蟲雞於人何厚薄，吾叱奴人解其縛。
雞蟲得失無了時，注目寒江倚山閣。

①此為杜甫晚年流落夔州時作。南宋洪邁《容齋三筆》稱結句之妙，非他人所能跂及。

# 飲中八仙歌[①]

知章騎馬似乘船，眼花落井水底眠。
汝陽三斗始朝天，道逢麴車口流涎，
恨不移封向酒泉。
左相日興費萬錢，飲如長鯨吸百川，
銜杯樂聖稱避賢[②]。
宗之蕭灑美少年，舉觴白眼望青天，
皎如玉樹臨風前。
蘇晉長齋繡佛前，醉中往往愛逃禪。
李白斗酒詩百篇，長安市上酒家眠，
天子呼來不上船，自稱臣是酒中仙。
張旭三杯草聖傳，脫帽露頂王公前，
揮毫落紙如雲煙。
焦遂五斗方卓然，高談雄辯驚四筵[③]。

①漢、晉已有「八仙」之名。賀知章、汝陽王李璡、左相李適之、崔宗之、蘇晉、李白、張旭、焦遂八人俱善飲，時稱「酒中八仙人」，中唐范傳正《翰林學士李公新墓碑》舉「酒中八仙」無蘇晉而有裴周南。

②李昌，字適之，天寶元年為左相，李林甫構之，罷貶而死。

③此首每句押韻，早期七言古詩如漢武帝劉徹等人《柏梁詩》、魏曹丕《燕歌行》，每句皆押韻，亦稱為柏梁體，至南朝鮑照前後始改變。

# 麗人行

三月三日天氣新，長安水邊多麗人。
態濃意遠淑且真，肌理細膩骨肉勻。
繡羅衣裳照暮春，蹙金孔雀銀麒麟。
頭上何所有？翠微㔩葉垂鬢脣①。
背後何所見？珠壓腰衱穩稱身。
就中雲幕椒房親，賜名大國虢與秦②。
紫駝之峰出翠釜，水精之盤行素鱗。
犀箸厭飫久未下③，鸞刀縷切空紛綸。
黃門飛鞚不動塵④，御廚絡繹送八珍。
簫鼓哀吟感鬼神，賓從雜遝實要津。
後來鞍馬何逡巡，當軒下馬入錦茵。
楊花雪落覆白蘋，青鳥飛去銜紅巾。
炙手可熱勢絕倫，慎莫近前丞相嗔⑤。

①「翠微」一作「翠為」；㔩音餓，髮飾。此句之後，明代楊慎《升庵詩話》卷十四臆加一句：「足下何所著，紅蕖羅襪穿鐙銀。」

②椒房，後妃宮室；楊貴妃有姊三人，大姊封韓國夫人，三姊封虢國夫人，八姊封秦國夫人，並承恩澤。

③飫音育，飽。

④鞚音空，馬籠頭。

⑤讀本篇時，可參閱盛唐張萱《虢國夫人遊春圖》、中唐張祜《集靈臺》、宋代李公麟《麗人行》，現代傅抱石、陸儼少、程十發亦有同名畫作。

# 兵車行

車轔轔，馬蕭蕭，行人弓箭各在腰。
耶娘妻子走相送①，塵埃不見咸陽橋。
牽衣頓足攔道哭，哭聲直上干雲霄。
道旁過者問行人，行人但云點行頻②。
或從十五北防河，便至四十西營田。
去時里正與裹頭，歸來頭白還戍邊。
邊亭流血成海水，武皇開邊意未已。
君不聞，漢家山東二百州，千村萬落生荊杞
縱有健婦把鋤犁，禾生隴畝無東西。
況復秦兵耐苦戰，被驅不異犬與雞。
長者雖有問，役夫敢申恨？
且如今年冬，未休關西卒。
縣官急索租，租稅從何出？
信知生男惡，反是生女好。
生女猶得嫁比鄰，生男埋沒隨百草。
君不見，青海頭，古來白骨無人收。
新鬼煩冤舊鬼哭，天陰雨濕聲啾啾③。

①耶娘，同爺娘。
②點行，按照名冊抽丁入伍。
③范曄《後漢書・五行志一》載，東漢桓帝初，天下童謠：「小麥青青大麥枯，誰當穫者婦與姑，丈夫何在西擊胡。吏買馬，君具車，請為諸君鼓嚨胡。」

# 觀公孫大娘弟子舞劍器行

大曆二年十月十九日，夔府別駕元持宅，見臨潁李十二娘舞劍器[①]，壯其蔚跂。問其所師，曰：余公孫大娘弟子也。開元三載，余尚童稚，記於郾城觀公孫氏舞劍器渾脫。瀏漓頓挫，獨出冠時。自高頭宜春梨園二伎坊內人洎外供奉，曉是舞者，聖文神武皇帝初，公孫一人而已。玉貌錦衣，況余白首！今茲弟子，亦匪盛顏。既辨其由來，知波瀾莫二。撫事慷慨，聊為劍器行。往者吳人張旭善草書書帖，數嘗於鄴縣見公孫大娘舞西河劍器，自此草書長進，豪蕩感激，即公孫可知矣。

昔有佳人公孫氏，一舞劍器動四方。
觀者如山色沮喪，天地為之久低昂。
㸌如羿射九日落[②]，矯如群帝驂龍翔。
來如雷霆收震怒，罷如江海凝清光。
絳脣珠袖兩寂寞，晚有弟子傳芬芳。
臨潁美人在白帝，妙舞此曲神揚揚。
與余問答既有以，感時撫事增惋傷。
先帝侍女八千人，公孫劍器初第一。
五十年間似反掌，風塵澒洞昏王室[③]。
梨園子弟散如煙，女樂餘姿映寒日。
金粟堆前木已拱[④]，瞿塘石城草蕭瑟。
玳筵急管曲復終，樂極哀來月東出。
老夫不知其所往，足繭荒山轉愁疾。

①「劍器」又作「劍氣」，突厥語音譯，士兵、戰士之意，今人意以劍器為刀劍之器，非是；劍器舞指健舞中之武舞，多描述戰士衝鋒陷陣、破敵如神，亦非指劍舞。清代胡鳴玉《訂訛雜錄．劍器渾脫》：《文獻通考．舞部》謂劍器，古武舞之曲名，其舞用女妓，雄裝空手而舞。

②燿音庫，閃爍。

③澒音紅，澒洞，浩大無際，風塵澒洞指安史之亂。

④金粟堆，唐玄宗泰陵。

## 丹青引贈曹將軍霸

將軍魏武之子孫，於今為庶為清門。
英雄割據雖已矣，文彩風流今尚存。
學書初學衛夫人，但恨無過王右軍。
丹青不知老將至，富貴於我如浮雲①。
開元之中常引見，承恩數上南熏殿。
淩煙功臣少顏色，將軍下筆開生面。
良相頭上進賢冠，猛將腰間大羽箭。
褒公鄂公毛髮動，英姿颯爽猶酣戰。
先帝天馬玉花驄，畫工如山貌不同。
是日牽來赤墀下，迥立閶闔生長風。
詔謂將軍拂絹素，意匠慘澹經營中。
斯須九重真龍出，一洗萬古凡馬空。
玉花卻在御榻上，榻上庭前屹相向。
至尊含笑催賜金，圉人太僕皆惆悵②。
弟子韓幹早入室，亦能畫馬窮殊相。
幹唯畫肉不畫骨，忍使驊騮氣凋喪。

將軍畫善蓋有神，偶逢佳士亦寫真。
即今漂泊干戈際，屢貌尋常行路人。
途窮反遭俗眼白，世上未有如公貧。
但看古來盛名下，終日坎壈纏其身③。

①杜詩常用經語，此兩句出於《論語・述而》：「其為人也，發憤忘食，樂以忘憂，不知老之將至云爾。」「不義而富且貴，於我如浮雲。」

②圉音雨，養馬之地。

③壈音懶，坎壈，困頓不得志。杜甫愛馬、寫馬，如《玉腕騮》、《病馬》、《白馬》、《高都護驄馬行》、《瘦馬行》、《驄馬行》、《天育驃騎歌》、《李鄠縣丈人胡馬行》、《題壁上韋偃畫馬歌》、《韋諷錄事宅觀曹將軍畫馬圖》等，或贊或歎，多有人世滄桑、英雄不遇之感。清代敦誠《寄懷曹雪芹》，亦為曹雪芹傳神寫照。

## 哀江頭①

少陵野老吞聲哭，春日潛行曲江曲。
江頭宮殿鎖千門，細柳新蒲為誰綠？
憶昔霓旌下南苑，苑中萬物生顏色。
昭陽殿裏第一人，同輦隨君侍君側。
輦前才人帶弓箭，白馬嚼齧黃金勒。
翻身向天仰射雲，一箭正墜雙飛翼。
明眸皓齒今何在？血污遊魂歸不得②。
清渭東流劍閣深，去住彼此無消息。
人生有情淚沾臆，江水江花豈終極？
黃昏胡騎塵滿城，欲往城南望城北③。

①安史亂起，杜甫被虜，押回長安，次年春作此詩，四月逃脫，間道至鳳翔。整首押入聲韻，讀之，忍氣吞聲，哀婉淒惻。

②「輦前才人帶弓箭？」「一箭正墜雙飛翼」，抑或象徵貴妃之死？

③末句「欲往城南望城北」，陳寅恪以為杜甫家居城南，雖欲歸家，而宮闕在城北，猶回望宮闕，隱示其眷戀遲回、不忘君國之意。

## 醉時歌

諸公袞袞登臺省，廣文先生官獨冷[①]。
甲第紛紛厭粱肉，廣文先生飯不足。
先生有道出羲皇，先生有才過屈宋。
德尊一代常坎坷，名垂萬古知何用！
杜陵野客人更嗤，被褐短窄鬢如絲。
日糴太倉五升米，時赴鄭老同襟期。
得錢即相覓，沽酒不復疑。
忘形到爾汝，痛飲真吾師。
清夜沉沉動春酌，燈前細雨簷花落。
但覺高歌有鬼神，焉知餓死填溝壑？
相如逸才親滌器，子雲識字終投閣。
先生早賦歸去來，石田茅屋荒蒼苔。
儒術於我何有哉？孔丘盜蹠俱塵埃[②]。
不須聞此意慘愴，生前相遇且銜杯！

①廣文先生，指鄭虔，唐玄宗時曾為廣文館博士，與杜甫交厚。安史之亂，鄭虔陷賊，後遭嚴譴，杜甫鳴不平。

# 古柏行

孔明廟前有老柏，柯如青銅根如石。
霜皮溜雨四十圍，黛色參天二千尺①。
君臣已與時際會，樹木猶為人愛惜。
雲來氣接巫峽長，月出寒通雪山白。
憶昨路繞錦亭東，先主武侯同閟宮②。
崔嵬枝干郊原古，窈窕丹青戶牖空。
落落盤踞雖得地，冥冥孤高多烈風。
扶持自是神明力，正直原因造化功。
大廈如傾要梁棟，萬牛回首丘山重。
不露文章世已驚，未辭剪伐誰能送？
苦心豈免容螻蟻，香葉終經宿鸞鳳。
志士幽人莫怨嗟，古來材大難為用！

①孔明廟在四川夔州，「霜皮」一作「蒼皮」。其《夔州歌十首》之九：「武侯祠堂不可忘，中有松柏參天長。干戈滿地客愁破，雲日如火炎天涼。」沈括《夢溪筆談》卷二十三譏謔：四十圍乃是徑七尺，無乃太細長乎？藝術誇張，不可拘泥。不以文害辭，不以辭害志。然誇張有度，過則文章之病。北宋王祈詠竹詩有「葉垂千口劍，干聳萬條槍」，蘇軾笑其十干一葉。②錦亭，成都錦江亭，「錦亭」一作「錦城」；閟音閉，深閉，隱祕。

## 百憂集行

憶年十五心尚孩，健如黃犢走復來。
庭前八月梨棗熟，一日上樹能千回。
即今倏忽已五十，坐臥只多少行立。
強將笑語供主人，悲見生涯百憂集。
入門依舊四壁空，老妻睹我顏色同。
癡兒不知父子禮，叫怒索飯啼門東①。

①此憂苦人生，其《莫相疑行》則炎涼世態：「男兒生無所成頭皓白，牙齒欲落真可惜。憶獻三賦蓬萊宮，自怪一日聲烜赫。集賢學士如堵牆，觀我落筆中書堂。往時文采動人主，此日饑寒趨路旁。晚將末契托年少，當面輸心背面笑。寄謝悠悠世上兒，莫爭好惡莫相疑。」

## 茅屋為秋風所破歌

八月秋高風怒號，卷我屋上三重茅。
茅飛渡江灑江郊，高者掛罥長林梢①，
下者飄轉沉塘坳。
南村群童欺我老無力，忍能當面為盜賊。
公然抱茅入竹去，唇焦舌燥呼不得，
歸來倚杖自歎息。
俄頃風定雲墨色，秋天漠漠向昏黑。
布衾多年冷似鐵，嬌兒惡臥踏裏裂。
牀頭屋漏無乾處，雨腳如麻未斷絕②。
自經喪亂少睡眠，長夜沾濕何由徹？

安得廣廈千萬間，大庇天下寒士俱歡顏，
風雨不動安如山。
嗚呼，何時眼前突兀見此屋，吾廬獨破受凍死亦足[3]！

①罥音倦，掛，纏。
②牀頭，唐代孫思邈《千金要方》卷二七養性：凡人臥，春夏向東，秋冬向西，頭勿北臥，及牆北亦勿安牀。屋漏有屋破漏水、屋之西北隅、天窗等義，此篇「屋漏」應指屋之西北隅。
③突兀，高聳；「死亦足」一作「意亦足」。

# 張謂

張謂（？～777？）字正言，約生於景雲前後，河內（河南泌陽）人。少時讀書嵩山，天寶二年進士，與李白、杜甫等皆有交遊。曾與岑參等人入封常清幕，後任潭州刺史、太子左庶子，大曆六年任禮部侍郎，七、八、九年三典貢舉。

## 杜侍御送貢物戲贈

銅柱朱崖道路艱，伏波橫海舊登壇。
越人自貢珊瑚樹，漢使何勞獬豸冠？
疲馬山中愁日晚，孤舟江上畏風寒。
由來此物稱難得，多恐君王不忍看①。

①《老子・第六十四章》有句：「是以聖人欲不欲，不貴難得之貨」。

# 湖中對酒作

夜坐不厭湖上月，晝行不厭湖上山。
眼前一尊又長滿，心中萬事如等閒。
主人有黍百余石，濁醪數斗應不惜。
即今相對不盡歡，別後相思復何益。
茱萸灣頭歸路賒，願君且宿黃翁家。
風光若此人不醉，參差孤負東園花。

# 趙微明

趙微明（？～？）或作趙徵明，字、生平不詳，天水人。工書，中唐竇臮《述書賦》曾稱之。沈千運至德、寶應間尚在世，年約五十餘。元結乾元三年編《篋中集》時，沈千運去世，王季友、孟雲卿、張彪、元季川在世，于逖、趙微明無考，「自沈公及二三子……喪亡」之二三子當指于、趙。今存詩三首。

## 思歸

為別未幾日，一日如三秋。猶疑望可見，日日上高樓。
唯見分手處，白蘋滿芳洲。寸心寧死別，不忍生離憂。

# 李華

李華（715？～774？）字遐叔，趙州贊皇（河北贊皇）人。開元二十三年進士，累官監察御史、右補闕，曾劾楊國忠。文章與蕭穎士並稱「蕭李」，愛獎士類，其《弔古戰場文》傳誦至今。安史之亂中，李華被挾任職，自傷隳節，託病隱居，耕讀以終。有《李遐叔文集》。

## 春行即興

宜陽城下草萋萋，澗水東流復向西。
芳樹無人花自落，春山一路鳥空啼①。

①李華《雜詩》六首、《詠史》十一首皆詩以載道。南宋呂祖謙學問淵博，善於體悟，主張明理躬行，其《春日》七首之二：「短短菰蒲綠未齊，汀洲水暖雁行低。柳陰小艇無人管，自送流花下別溪。」

# 岑參

岑參（715？～770？）字不詳，江陵（湖北江陵）人，早年家王屋，十五隱於嵩陽，天寶三年進士。岑參累佐戎幕，往來鞍馬烽塵間十餘載；頻上書章，指斥權佞。代宗時，官至嘉州刺史，罷官後大曆四年十二月客死歸途，一說逝於成都旅舍。長於七言，多寫邊塞軍旅，想像奇麗，雄放跌宕，五言亦時有佳作，論者以為王維、岑參並為五律、七律宗匠。陸遊《渭南文集》卷二十六稱：「予自少時絕好岑嘉州詩，……嘗以為太白、子美之後，一人而已。」有《岑嘉州集》。

## 寄左省杜拾遺

聯步趨丹陛，分曹限紫微。曉隨天仗入，暮惹御香歸。
白髮悲花落，青雲羨鳥飛。聖朝無闕事，自覺諫書稀。

## 送顏少府投鄭陳州

一尉便垂白，數年唯草玄。出關策匹馬，逆旅聞秋蟬。
愛客多酒債，罷官無俸錢。知君羈思少，所適主人賢。

## 滻水東店送唐子歸嵩陽

野店臨官路，重城壓御堤。山開灞水北，雨過杜陵西。
歸夢秋能作，鄉書醉懶題[①]。橋回忽不見，征馬尚聞嘶。

①岑參善寫夢，再如《河西春暮憶秦中》之「別後鄉夢數，昨來家信稀」，《宿鐵關西館》之「塞迥心常怯，鄉遙夢亦迷」。

## 巴南舟中夜市

渡口欲黃昏，歸人爭渡喧。近鐘清野寺，遠火點江村。
見雁思鄉信，聞猿積淚痕。孤舟萬里外，秋月不堪論。

## 與高適薛據同登慈恩寺浮圖[①]

塔勢如湧出，孤高聳天宮。登臨出世界，磴道盤虛空。
突兀壓神州，崢嶸如鬼工。四角礙白日，七層摩蒼穹。
下窺指高鳥，俯聽聞驚風。連山若波濤，奔湊似朝東。
青槐夾馳道，宮館何玲瓏。秋色從西來，蒼然滿關中。
五陵北原上，萬古青濛濛。淨理了可悟，勝因夙所宗。
誓將掛冠去，覺道資無窮。

①慈恩寺始建於隋代，初名無漏寺。貞觀二十二年，皇太子李治為其母文德皇后追薦冥福，擴建為慈恩寺，並令玄奘法師自弘福寺移就慈恩寺。永徽三年，為供養經像、舍利，奏請高宗修建大雁塔。唐中宗神龍年後，進士杏園宴罷，於慈恩寺塔及寺壁題名即雁塔題名，後沿襲成習，題名至北宋

神宗年間全部毀滅。天寶十一年秋，高適與儲光羲、岑參、薛據、杜甫遊長安，登慈恩寺塔，高適先賦詩，四人和之，為詩壇盛事，今儲、岑、杜三人詩亦存。高詩清堅，儲詩風秀，而岑詩氣象雄健，風格豪放，杜詩格法嚴整，音節悲壯，意象崢嶸，胸懷沉鬱，岑、杜之作最為傑出。

## 逢入京使

故園東望路漫漫，雙袖龍鍾淚不乾。
馬上相逢無紙筆，憑君傳語報平安。

## 春夢

洞房昨夜春風起，遙憶美人湘江水①。
枕上片時春夢中，行盡江南數千里。

①「洞房」一作「洞庭」，「遙憶美人」一作「故人尚隔」。唐人寫夢之詩文頗多，如傳奇之李公佐《南柯太守傳》、沈既濟《枕中記》、沈亞之《《秦夢記》，詩歌之張潮《江南行》、戎昱《旅次寄湖南張郎中》等。

## 磧中作

走馬西來欲到天，辭家見月兩回圓。
今夜不知何處宿，平沙萬里絕人煙。

## 客舍悲秋有懷兩省舊遊呈幕中諸公①

三度為郎便白頭，一從出守正經秋。
莫言聖主長不用，其那蒼生應未休。
人間歲月如流水，客舍秋風今又起。
不知心事向誰論，江上蟬鳴空滿耳。

①兩省指中書省（右省、西掖）、門下省（左省、東掖），其《西掖省即事》云：「西掖重雲開曙暉，北山疏雨點朝衣。千門柳色連青瑣，三殿花香入紫微。平明端笏陪鵷列，薄暮垂鞭信馬歸。官拙自悲頭白盡，不如巖下偃荊扉。」

## 使君席夜送嚴河南赴長水

嬌歌急管雜青絲，銀燭金杯映翠眉。
使君地主能相送，河尹天明坐莫辭。
春城月出人皆醉，野戍花深馬去遲。
寄聲報爾山翁道，今日河南勝昔時。

## 白雪歌送武判官歸京①

北風捲地白草折，胡天八月即飛雪。
忽如一夜春風來②，千樹萬樹梨花開。
散入珠簾濕羅幕，狐裘不暖錦衾薄。
將軍角弓不得控，都護鐵衣冷難著。

瀚海闌干百丈冰[3]，愁雲慘澹萬里凝。
中軍置酒飲歸客，胡琴琵琶與羌笛。
紛紛暮雪下轅門，風掣紅旗凍不翻。
輪臺東門送君去，去時雪滿天山路。
山回路轉不見君，雪上空留馬行處。

①新疆吐魯番出土古代文書，有唐代天寶十三年（754）岑參判官、武判官馬料收支賬：「岑判官馬柒匹，共食青麥三豆（斗）伍勝（升），付健兒陳金」；「郡坊帖馬天山三疋，送武判官便騰過，食麥三斗，付天山馬子李羅漢」。見《吐魯番出土文書》第十冊，文物出版社1991年出版。
②「忽如」一作「忽然」。
③「百丈」一作「千尺」。

## 走馬川行奉送出師西征

君不見，走馬川行雪海邊，平沙莽莽黃入天[1]。
輪臺九月風夜吼，一川碎石大如斗，
隨風滿地石亂走。
匈奴草黃馬正肥，金山西見煙塵飛，
漢家大將西出征。
將軍金甲夜不脫，半夜軍行戈相撥，
風頭如刀面如割。
馬毛帶雪汗氣蒸，五花連錢旋作冰，
幕中草檄硯水凝。
虜騎聞之應膽懾，料知短兵不敢接，
車師西門佇獻捷。

①走馬川，又名左末河，今新疆車爾臣河。程千帆、施蟄存等人以為，此詩三句一換韻，第一韻當為：「君不見，走馬川，雪海邊，平沙莽莽黃入天。」

# 附錄 唐代帝王建元表

| 朝代或國號 | 帝王 | 年號 | 西元起訖 |
|---|---|---|---|
| 唐 | 高祖李淵 | 武德 | 618～626 |
| | 太宗李世民 | 貞觀 | 627～649 |
| | 高宗李治 | 永徽 | 650～655 |
| | | 顯慶 | 656～661 |
| | | 龍朔 | 661～663 |
| | | 麟德 | 664～665 |
| | | 乾封 | 666～668 |
| | | 總章 | 668～670 |
| | | 咸亨 | 670～674 |
| | | 上元 | 674～676 |
| | | 儀鳳 | 676～679 |
| | | 調露 | 679～680 |
| | | 永隆 | 680～681 |
| | | 開耀 | 681～682 |
| | | 永淳 | 682～683 |
| | | 弘道 | 683 |
| | 中宗李顯 | 嗣聖 | 684 |
| | 睿宗李旦 | 文明 | 684 |
| | 武后武曌 | 光宅 | 684 |
| | | 垂拱 | 685～688 |
| | | 永昌 | 689 |
| | | 載初 | 689～690 |

| 朝代或國號 | 帝王 | 年號 | 西元起訖 |
| --- | --- | --- | --- |
| 周 | 則天帝武曌 | 天授 | 690～692 |
| | | 如意 | 692 |
| | | 長壽 | 692～694 |
| | | 延載 | 694 |
| | | 證聖 | 695 |
| | | 天冊萬歲 | 695～696 |
| | | 萬歲登封 | 696 |
| | | 萬歲通天 | 696～697 |
| | | 神功 | 697 |
| | | 聖曆 | 698～700 |
| | | 久視 | 700 |
| | | 大足 | 701 |
| | | 長安 | 701～704 |
| | | 神龍 | 705 |
| 唐 | 中宗李顯 | 神龍 | 705～707 |
| | | 景龍 | 707～710 |
| | 少帝李重茂 | 唐隆 | 710 |
| | 睿宗李旦 | 景雲 | 710～711 |
| | | 太極 | 712 |
| | | 延和 | 712 |
| | 玄宗李隆基 | 先天 | 712～713 |
| | | 開元 | 713～741 |
| | | 天寶 | 742～756 |
| | 肅宗李亨 | 至德 | 756～758 |
| | | 乾元 | 758～760 |
| | | 上元 | 760～762 |

| 朝代或國號 | 帝王 | 年號 | 西元起訖 |
|---|---|---|---|
| 唐 | 代宗李豫 | 寶應 | 762～763 |
| | | 廣德 | 763～764 |
| | | 永泰 | 765～766 |
| | | 大曆 | 766～779 |
| | 德宗李適 | 建中 | 780～783 |
| | | 興元 | 784 |
| | | 貞元 | 785～805 |
| | 順宗李誦 | 永貞 | 805 |
| | 憲宗李純 | 元和 | 806～820 |
| | 穆宗李恒 | 長慶 | 821～824 |
| | 敬宗李湛 | 寶曆 | 825～827 |
| | 文宗李昂 | 大和 | 827～835 |
| | | 開成 | 836～840 |
| | 武宗李瀍 | 會昌 | 841～846 |
| | 宣宗李忱 | 大中 | 847～860 |
| | 懿宗李漼 | 咸通 | 860～874 |
| | 僖宗李儇 | 乾符 | 874～879 |
| | | 廣明 | 880～881 |
| | | 中和 | 881～885 |
| | | 光啟 | 885～888 |
| | | 文德 | 888 |
| | 昭宗李曄 | 龍紀 | 889 |
| | | 大順 | 890～891 |
| | | 景福 | 892～893 |
| | | 乾寧 | 894～898 |
| | | 光化 | 898～901 |
| | | 天復 | 901～904 |
| | | 天祐 | 904 |
| | 昭宣帝李柷 | 天祐 | 904～907 |

秀威經典　　語言文學類　PG1509　新視野43

# 唐詩選箋：初唐-盛唐

作　　者／李　由
責任編輯／盧羿珊、杜國維
圖文排版／楊家齊
封面設計／王嵩賀

出版策劃／秀威經典
發 行 人／宋政坤
法律顧問／毛國樑　律師
印製發行／秀威資訊科技股份有限公司
114台北市內湖區瑞光路76巷65號1樓
電話：+886-2-2796-3638　傳真：+886-2-2796-1377
http://www.showwe.com.tw
劃撥帳號／19563868　戶名：秀威資訊科技股份有限公司
讀者服務信箱：service@showwe.com.tw
展售門市／國家書店（松江門市）
104台北市中山區松江路209號1樓
電話：+886-2-2518-0207　傳真：+886-2-2518-0778
網路訂購／秀威網路書店：http://www.bodbooks.com.tw
國家網路書店：http://www.govbooks.com.tw

2017年10月　BOD一版
定價：350元

國家圖書館出版品預行編目

唐詩選箋：初唐-盛唐 / 李由著. -- 一版. -- 臺北市：秀威經典, 2017.10
面；　公分. -- (語言文學類；PG1509)(新視野；43)
BOD版
ISBN 978-986-94686-9-5(平裝)

831.4　　　　　　　　　　106014716

# 讀者回函卡

感謝您購買本書，為提升服務品質，請填妥以下資料，將讀者回函卡直接寄回或傳真本公司，收到您的寶貴意見後，我們會收藏記錄及檢討，謝謝！

如您需要了解本公司最新出版書目、購書優惠或企劃活動，歡迎您上網查詢或下載相關資料：http:// www.showwe.com.tw

您購買的書名：____________________

出生日期：________年________月________日

學歷：□高中（含）以下　□大專　□研究所（含）以上

職業：□製造業　□金融業　□資訊業　□軍警　□傳播業　□自由業

□服務業　□公務員　□教職　□學生　□家管　□其它_____

購書地點：□網路書店　□實體書店　□書展　□郵購　□贈閱　□其他

您從何得知本書的消息？

□網路書店　□實體書店　□網路搜尋　□電子報　□書訊　□雜誌

□傳播媒體　□親友推薦　□網站推薦　□部落格　□其他__________

您對本書的評價：（請填代號　1.非常滿意　2.滿意　3.尚可　4.再改進）

封面設計____　版面編排____　內容____　文／譯筆____　價格____

讀完書後您覺得：

□很有收穫　□有收穫　□收穫不多　□沒收穫

對我們的建議：____________________

____________________

____________________

____________________

請貼
郵票

11466
台北市內湖區瑞光路 76 巷 65 號 1 樓
**秀威資訊科技股份有限公司** 收
BOD 數位出版事業部

（請沿線對折寄回，謝謝！）

姓　　名：＿＿＿＿＿＿＿＿　年齡：＿＿＿＿　性別：□女　□男

郵遞區號：□□□□□

地　　址：＿＿＿＿＿＿＿＿＿＿＿＿＿＿＿＿

聯絡電話：(日)＿＿＿＿＿＿＿＿ (夜)＿＿＿＿＿＿＿＿

E-mail：＿＿＿＿＿＿＿＿＿＿＿＿＿＿＿＿